ミドリの旅

尾舫だいすけ
Daisuke Omoyai

ミドリの旅　*contents*

第一楽章　序曲＆アレグロ・ノン・トロッポ　—日記

あ、おばあちゃんの日記って、なんだか不思議なにおいがする。

仏間から持ち出したそれを学習机に置いた時、碧《みどり》はそうつぶやいた。親たちの寝静まる深夜、押し入れに積まれた数十冊のうち一番古いのを選んでいる。だから最初はカビでもあるのかと疑ったのだが、そんな痕跡などどこにも見当たらない。

確かにカビとは違う。なんだろこれ、嗅いだ覚えあるかも……。

不思議なにおいを放つそれは古い大学ノートに書かれ、灰色の表紙に「日記 大野美鶴《みつる》」と大ぶりの筆で書かれていた。墨が少し消えかかったその脇にはペン書きの、「其の一、自昭和二七年元日　至二八年五月九日」と日付が添えられてあった。碧は目の前の本立てから社会科資料集を引っ張り出し、年号と西暦の早見表ページを繰った。それによると、昭和二十七年は自分が誕生した年から五十年以上もさかのぼる昔なのだとわかった。

私が生まれる半世紀以上も前……。そっか、大野っておばあちゃんの旧姓だよね。おじいちゃんと知り合う前から書いていたのね……。

十五歳の外村《とのむら》碧にとって、自分がこの世に存在し始めるさらに五十年以上も昔だなんて、歴史で習ったりする時代との境界が曖昧になる。なにしろおばあちゃんが二十歳になる前の遠い昔なのだ。そう考えると目の前の大学ノートが膨大な時間を背負って見え、自分なんかがこれを読んでいいのかという気おくれすら始まる。でもこんな夜更けに、わざわざおばあちゃんの日記を持ち出したのにはわけがあった。興味本位じゃなく読まねばならない理由があるのだ。そう思い直し、碧は思い切って表紙をめくった。

ぎっしり並ぶペン文字が目に飛び込んだ。茶色くなりかけたページ一面にくすんだインク文字がしみている。几帳面に並ぶそれを、まるで遠い国の織物の模様みたいだと眺めるうち、妙なことに気付いた。読もうとするのに文字が文章としてつながってこないのだ。楷書で書かれた文字の一つひとつはちゃんと読めるのに、意味を持った文としてちっとも頭に入ってこない。他のページも慌ててめくったが、やはりどの文字も模様の羅列だった。動揺した碧は慌てて表紙を閉じた。それから椅子に座ったまま両手を伸ばし、落ち着くため背伸びして大きく胸を開いた。深夜の空気を吸って吐いてを繰り返し、落ち着こうとした時あのにおいが肺の奥まで届いた。

あ、……そうか、これ、おばあちゃんの匂い。

においの正体が降りてきた。それは小さい頃抱っこされて鼻腔が覚えた匂い、樟脳や石鹸の香りに混じるおばあちゃんのかすかな匂い。亡くなる半年前までずっと慣れ親しんでいた記憶のはずなのにどうしたのだろう。そう自分をいぶかり、それでもゲームの課題を一つクリアできたみたいな自信も生まれ、今度こそ読めそうな気がした。だからその自信を信じて、もう一度日記を開いてみた。

あ、読める、ちゃんと読める。

先ほどまで模様でしかなかったものが、文章としてページから立ち上がった。そればかりか文字の向こうに懐かしい人の顔まで浮かんでくる。さらにその人は優しいまなざしを向け、碧にこう語りかけてきたのだ。

「ミドリちゃん、何を遠慮しているの。いいのよ、さあ、お読み……」

碧は微笑みながら涙を流し、立ち上がる匂いを胸いっぱいにして手を合わせた。

おばあちゃん、大野美鶴さん、最初から読ませてもらいますね。ちゃんと読みますから許してください。あなたは若い日、どんなことを考えていましたか。悩んだこと、苦しかったことってありましたか。そんな時、どんなふうに解決したの。わたしを愛してくれたあなた、そしていつも笑顔を絶やさなかったあなた、あなたみたいにどうしたらなれますか。どうか、どうか教えてください。そしてお願いです、わたしを助けて……。

祖母が亡くなったのは半年前、二月の終わりだった。春に向かい始めた季節が、その日だけは真冬に戻ったようだったのを今でも覚えている。あの時碧は、中学の二年生を終えようとする時節にいた。

「学校、行きたくないな…」

誰かの前でそのことを口にするのは、それが初めてだった。

「えっ、ミドリちゃん、どうして?」

玄関先で見送るおばあちゃんがびっくりする以上に、碧の方が慌てた。

「あ、ごめん、あんまり寒かったからそう思っただけ。何でもない、行ってきます」

なんとか笑顔を作ると、おばあちゃんは手を差し伸べてくれた。

「さあ手を貸して…。あったかくなーれ、ほら、春はもうすぐだからね」

ほんとうにあったかい手にくるまれた。おばあちゃんはまだ何か言いたそうにしていたけれど、温もりが身体の芯まで伝わり、それで碧は本物の笑顔が作れた。

「行ってきます」「はい、いっておいで」

しかしそれが、祖母と交わした最後の会話となった。


突然の知らせはお昼近く学校に届いた。そして碧はそれを保健室で受け取っている。三時間目まではなんとか教室にいられたのに、次の授業を待つ十分の休みにあれが襲ってきたのだ。胸を圧迫する嫌な感じのあれ。それがここのところたびたび起き、その日は特に耐えられそうもなかった。迷った末席を立ち、隣に座るオモトさんにささやいた。

「お願い、私、保健室に行くって先生に伝えといて」

オモトさんは驚いた顔を上げ、辺りを素早く見渡し無言で小さくうなずいた。いつも伏し目がちのオモトさんを選んで、こんな時しか声をかけず悪いとは思うけど、人知れず出て行くと次の授業で騒ぎになるのを知っている。この教室で声をかけるとしたらもうオモトさんしかいないのだ。廊下に出る時、後ろで誰かのささやく声が耳に届いた。

「あいつ、またフケルんじゃね」

いくつかの視線が背中に刺さる気がして、それでも碧は知らない顔でまっすぐ歩いた。冷え冷えとする廊下は誰もいなくて、だから小走りに保健室へと向かった。

保健室の入り口にはすりガラスの小窓がある。引き戸に指をかけようとしたらそこに人影が見えた。慌てて指をひっこめた時、ガラッと戸が開いて、一人生徒が出て行った。それが断続的に四、五回続き、そのたび碧は入り口に突っ立ったまま見送ることになった。彼らは絆創膏や湿布を貼られたり、あるいは検温されたり包帯の巻き直しを受けたりして次の授業へと急ぐ人たちだった。最後にチャイムが鳴り、追い立てられたように数人の男子が飛び出してきた。身長を測っていたのか「オレ、昨日より五ミリ伸びたぜ」「ふーん、俺なんか一センチだもんね」などと笑い合い、これも転げるように走り去るのだった。チャイムの余韻が消えると、廊下に人の気配も消える。碧はようやく戸口に指をかけ、少しずらして中を覗いた。奥の机で養護の先生が事務仕事を始めている。でもその人はいつも通り、目だけを覗かせる碧なのに気付いていてくれるのだ。そして書類から顔を上げ、ぱっと笑顔を向けてくれるのだ。

「あら、ミドリさんね、いらっしゃい」

いつも通り碧も笑顔になる。でも警戒心までは解かず、まずはぐるっと室内を見回す。二つあるベッドはカーテンが開け放たれ、掛布団や毛布がきちんと畳まれていた。喜多村容子《きたむらようこ》センセイが一人だけなのを確認でき、そこでやっと顔からこわばりが消える。そして笑顔が照れ笑いに変わって入る碧に、センセイは隅に用意された机と椅子をいつものように指さし、こっちに持ってらっしゃいと促してくれる。碧はそれをセンセイと向かい合わせの場所に必ず置くのだ。そして預けてある数学の問題集を渡してもらえる。そこでしばらく落ち着くまで勉強するのが二人で決めたルールなのだ。センセイの傍で計算問題を解く碧の鉛筆が、やがて快調に走り出す。

「ミドリさんって、ほんとうに数学が好きなのね」

しばらくするとセンセイは手を休め、微笑みながら覗き込んでくれた。

「はい、大好きです」

碧も笑顔で応えるのだが、こんなふうに屈託のない返事ができる相手というと、もうこの学校では容子センセイしかいない。

「そうか、あなた理系女子ってわけね。ちょっと尊敬しちゃうな」

「いえ、そんなんじゃないです。あの、数学は答えがはっきりしているから、だから好きなだけで……」

「ああ、なるほど、1足す2は3って世界中の誰にとっても答えは変わらないものね。それに百年か二百年くらい経って、『今日から答えは4に変更です』ってお偉い誰かさんが言い出すの、数学に限ってあるわけないしね。うんうん、それがわかっていれば大丈夫、やっぱりミドリさん、あなた立派なリケジョよ」

何が大丈夫なのかはよくわからなかったが、褒められるとなんだか嬉しく「ありがとうございます」とまた笑顔になった。どんなことでもまっすぐ受け入れ、面白がって共感してくれる容子センセイのことがやっぱり大好きになる。

「当たり前だけどさ、こんな私にも中学時代があったってわけなのよ、大昔だけどね。で、その時の私って、ミドリさんと同じで理数系が大好きだったの」

容子センセイは左の掌で頬杖をつきながら語り始めた。もう一方はボールペンを持つ指先で、それを器用にくるっくるっと回し始める。そのさまがなんだか恰好よく、もう四十の後半と聞いてはいたがずいぶん若々しい。同じくらいの年齢でも、近頃愚痴や小言ばかりの母親と比べてしまうとまぶしく感じる。

「私、テストの点数はそんな取れないくせに、国語とかより数学や理科が大好きでさ、将来はそっち系に進もうって決めていたの。実をいうとね、……笑わないで聞いてよね、中学の時の夢って天文学者になることだったんだから」

碧は大まじめに「笑いません」と首を振った。笑うどころか、そんな話を始めてくれるセンセイが大好きだし、嬉しくってドキドキするのだ。

「そう思ったきっかけはボイジャー。中学時代に担任の先生からボイジャーのことを詳しく聞いてからなの、ミドリさん知っているかな、ボイジャーって」

「いいえ、知りません」

碧は申し訳なさそうに首を振った。

「あ、いいの、知らなくて当然よ。ボイジャーが打ち上げられたの、私がほんの幼い頃だし、そもそもちゃんと知ったのが中学の時だからね。あ、ボイジャーって太陽系の惑星を調べるアメリカの無人探査機のことね」

「はやぶさ、みたいなものですか?」

「そうね、似ているけどちょっと違うかな。はやぶさは小惑星を探査したけど、ボイジャーは木星とか土星などの外惑星を調べたの。それにサンプルを持ち帰ったはやぶさと違って、ボイジャーは海王星の映像を電波で送ったが最後、太陽系から外に向かって飛び出していったの。探査を終えた今もずっと飛んでいるはずよ」

「え、今も、ですか?」

「そう、地球を旅立って四十年以上経った現在も。もう普通の電波なんかほとんど届かない遥か遠くをね。なんでも毎秒十数キロの速度で地球から離れているらしいの」

夢中になって話し始めた容子センセイはますます少女のようだ。碧はなんだか同い年の友達とおしゃべりを楽しんでいるような、そんな錯覚におちいり始めた。まるで大切な友人と、大好きなアニメの話題かなんかで盛り上がるみたいに。

「それでね、表向きの探査は全部終えたけれど、実はボイジャーにはもう一つの使命があるの。その最後の使命を果たすため、ボイジャーは今も飛んでいるのよ」

「最後の使命」という言葉がいたく刺激したのか、碧の脳裏にボイジャーとかいう初めて聞く宇宙船の姿がくっきり浮かんできた。それは果てしない空間にぽつんと浮かぶ金属の塊で、遠い星々がかすかに光る闇を静かに進んでいた。

「詳しい話は、その先生から聞いた受け売りね。で、その使命っていうのは太陽系とは別の天体に住む生命体と出会うことなの。それも知性を持った生命体、つまりは宇宙人のことだけどさ、その出会った宇宙人に、私たち人類は地球ってところに住んでいますよって自己紹介するのが使命なの。ね、すごくない? 中学生のわたし、その話にもう大興奮しちゃってさ……」

ボールペンの回るスピードが上がり、センセイの話にも熱が入り始めた。ボイジャーには金属の円盤が積んであって、そこに人類の姿が描かれていること。さらに世界中の言葉で挨拶やメッセージの音声が聴かれるようになっていること。またさまざまな音楽のみならず、自然や街中の音声なども収められていることなどを次々に教えてくれた。

碧は初めて聞く話に目を丸くしながら、かつてセンセイが受けたという「大興奮」がよく共感できた。ボイジャーを発見した宇宙人がタコのような腕をくねらせ、あれこれ調べる様子が目に浮かぶではないか。さらに感動したのは、当時の科学者やアメリカのリーダーたちが、まるで漫画かSFみたいなことを本気で考え、それに莫大な費用をかけて真剣に取り組んだという事実だった。そのことは、まだ誰も見たことのない世界がどこかに必ずあるのだという証に思えてくる。そしてそう思う時、教室にいられなくてこうしている自分が、まるでちっぽけで小さな存在に見えてならなかった。でも意外だったのは、自分のことをそんなふうに感じることは決して嫌ではなかったし、むしろ楽になれたことだった。自分の抱え込んだ生きづらさや悩みなんかも、同じくらいちっぽけで小さく見えたからだろうか……。

「ね、センセイ、ボイジャーはいつ宇宙人と会えますか。ひょっとしたらもう出会っているかもしれないですよね」

意気込んで問いかける碧に、「うーん、どうだろう」と、容子センセイはちょっと困ったような、微妙な表情に変わった。

「一番運がよかったとして、ボイジャーが宇宙人に出会うのって四万年くらいだったかな、たぶんそれくらいになるだろうって」

「えっ、よんまんねん!……運がよかったとして、ですか?……」

「そう、宇宙って広いからね。地球から一番近いお隣の恒星にたどり着くのだって、光のスピードでも数年かかるわけでしょう。光速って毎秒三十万キロだからねえ、片やボイジャーは秒速十数キロ。それにその恒星の周りに地球みたいなちゃんとした環境の惑星が運よくあっても、そこに住む生命体が宇宙を飛び回れるくらいの文明まで発達しているかとなると、うーん、確率的にちょっと厳しいかもね」

膨らみかけた風船に穴が開いた。そんな碧のみるみるしぼみ始める表情を見て、容子センセイは少し慌てた。

「あ、がっかりするわよね、ごめん。そう、私も中学生の時、きっと同じ顔をしたんだろうな。でもね、そんな話じゃないの。続いて聞かされた先生の言葉で、数学って面白いなって興味を持ち始めたの。それからなのよ、将来天文学者になりたいって夢を持ち始めたのは。だから話の続きしてもいい?」

そういえばセンセイが数学を好きになって、天文学者になりたいって思い始めた話が始まりだったっけ……。

思い直した碧はこっくりうなずいた。

「みんなもがっかりしていると、その先生は『いいか、ではこれから宇宙人と会話のできる言語について授業を始めるぞ』って宣言したのよ。実はその担任、担当教科が数学なのね、だからみんなはきょとんとしたわ。えっ、数学で言語の授業?って。一部の男子なんか、今日の数学大脱線だぞって大喜びだったけど、でも違ったの」

話す呼吸に合わせてセンセイのボールペンはますます快調に回り始める。夢中になったその表情には、大切な思い出を追想する少女のような笑みがあった。

「その日、素数について習う最初の授業だったのよ。だからその宣言って、素数についての導入だったってわけ。あ、ミドリさん、素数ってもう習った?」

「はい、なんとか……えっと、素数って1と自分自身の数字以外で割り切れない自然数でしたっけ、例えば一桁なら2とか3、5、7の四つですよね」

「さすがミドリさん、優秀だわ、やっぱりリケジョね。そう、二桁だったら11や13、17に始まって、97まで確か二十一個あるのかな、それが三桁や四桁となってもランダムに延々とあるのよね」

「はい、現在わかっているだけで、億や兆の単位ではとても間に合わないくらいの素数がコンピュータで発見されているって聞きました」

「そうそう、すばらしい。それでね、その授業で先生は、素数を使って宇宙人と交信しようとする計画があるのを教えてくれたの」

「えっ、素数で宇宙人と交信、ですか?」

「びっくりするわよね。つまりね、高度な文明を持つ宇宙人なら数の概念は当然持っているだろうし、もしそうなら素数の存在も必ず知っているはず。だったらその素数を言語のように使って宇宙人と交信しようとする計画があったそうなの。アレシボメッセージっていうアメリカの天文台が考えた計画で、なんでも23と73という二つの素数を組み合わせて升目を作り、そこにメッセージを図形にして織り込み、宇宙人がいそうな星めがけて電波を発信するらしいのね。私、馬鹿だからその細かなところは半分も理解できなかったし、今だってそれ以上の説明はできないけれど、ただその時先生の話を聞きながら震えが来たのを覚えている。だってそれって、宇宙の果てまで通用する真理がこの世にちゃんと存在しているって話でしょう。そう気付いた時、神も仏も信じない生意気だった私の中で何かがはじけたの。その日を境に数学は、私にとって神秘的な教科になっていったわ。それからなの、身の程知らずに天文学者に憧れたのは」

センセイのおっしゃる「宇宙の果てまで通用する真理」って意味が碧にもよく理解できた。

例えばボイジャーがうまく宇宙人に発見されたとしても、積んである金属板に刻まれた地球の言語が宇宙人にちゃんと伝わるとはとても思えない。でも共通に理解し合える、宇宙の真理である素数を言葉として使ったなら……。

「でもさ、将来の夢とかって、だんだん変わっていくものなのねえ」

容子センセイはいつの間にかボールペンを置いて両手で頬杖をついていた。

「もちろん数学は好きだったけれど高校に行ったら限界も感じてさ、逃げたわけじゃないけど国語や歴史なんかも面白いなって思うようになったってわけよ。興味の対象も宇宙から人間そのものに変わったみたい。そして気付いたら今、養護教諭を生業としております。ハイ、以上わたくし喜多村容子の履歴書でした」

そう言って容子センセイは少しおどけて、ちょっぴり恥ずかしそうに首をかしげてちょこんとお辞儀をした。

「センセイ、ありがとうございます！」

碧は弾んだ声でお礼を言った。

容子センセイってすごいな、きっとこんな人のことこそ、ほんとうの勉強家っていうのだろうな……。

碧はあらためてセンセイの机のブックスタンドを見た。そこにはカウンセリングや保健関係の書物がいくつか並ぶ中、文庫本が必ず一冊置かれている。それが毎回、週に一度くらいのペースで名作や話題の小説、面白そうな歴史読み物などに変わっていく。碧はいつもそれを楽しみに見ていた。容子センセイって結構読書家なのだ。

「ミドリさん、国語とかはあまり好きじゃない?」

ブックスタンドをじっと見入る様子に、容子センセイの笑顔が覗き込んできた。

「あ、漢字を覚えるのとか、言葉の意味を調べるのは嫌いじゃないですけど……」

そう言いかけて後の言葉に詰まってしまいうつむいた。

「……あら、すっかりおしゃべりしちゃった。お勉強の邪魔をしてごめんなさい。私もこの書類を昼までに作んなきゃ」

センセイはそう言うや、ボールペンを持ち直し「さ、ミドリさん、もう少しで給食だよ、今日は揚げパンだって、お腹空いたね、それ楽しみに頑張ろう」と言ってくれた。碧も「はい」と明るく返事はしたものの、先ほどのようには没頭できなかった。計算問題をなんとか一つだけ解くと、その先鉛筆がはたと止まってしまった。

どうしてもあのテストを思い出してしまうのだ。中学二年になった最初の定期考査、一時間目の国語で躓いた。教科書にはなかった俳句が一題、応用問題として出されていて、この句にふさわしい鑑賞文を次の四つより記号で一つ選べとあった。

「じゃんけんで負けて蛍に生まれたの　池田澄子」

その十七文字に目を奪われた。初めて見るその句を見つめるうち意識が吸い込まれ、自分が闇にさまよう一匹の蛍になった。せせらぎの音だけが聴こえ、なぜだかひどく孤独な気分になったのを覚えている。そして気付くと涙がぽろぽろこぼれ出した。

実はそれまで、碧は本を読むのは好きな方で、物語の人物や詩の世界に入り込むことはたびたび経験している。だがそこまでの感情移入をしたのは初めてだった。とりあえず落ち着こうと設問を読んでみたのだが、この十七文字に見入るうち説明のつかない感情とともにいろんな言葉があふれ出した。そのあふれ出た言葉の海で溺れそうになりながら、四つの選択肢から一つだけ正解を選ぶという難題を前にして途方に暮れたのだった。

思えばこの問題は後回しにすればよかったのだ。自信を失い、焦りながら鉛筆を握りしめ、ただ時間だけが過ぎていく。そして国語の教師が作り上げた四つの選択肢と、自分との折り合いがつかぬままテスト終了のチャイムが鳴った。だから答案用紙の半分近くが白紙のままの提出になってしまった。

返された答案用紙にはもちろんひどい点数がついていて、それは仕方のないこととあきらめてはいた。だがあの俳句の正解とその理由だけはちゃんと理解しておきたかった。だから答え合わせの後、「何か質問のある人いますか」と問いかける国語教師に、思い切って手を挙げた。あの問題の正解がどうしてそうなるのか教えてくださいと質問したのだ。国語教師は正解に当たる鑑賞文について長々と、しかしさっきとほぼ変わらない中身を繰り返し、「わかりましたか？」と結んだ。碧は他の三つがどうして正解に当たらないのかそれが知りたいのですと、少し声を強めてさらに問い直した。

教師は「ああ、なるほど」といった後、「不正解の三つにはこの俳句の鑑賞とするのに遠い言葉がそれぞれ使われています。それを見抜くのも国語の力なのです」と続け、その言葉をそれぞれ取り出してみせ、なぜそうなのかを説明してみせた。

碧は、確かにそれはわかるけれど、不正解とされる三つの鑑賞文には捨てがたいところもあって、どうしてもそこに惹かれてしまうのだ、むしろ正解とされる鑑賞文こそあまりに平凡というか、ありきたりじゃないかと腹立たしい思いが込み上げてきた。でもそれをうまく言葉にできない自分が悔しかった。そんな顔をする碧をしり目に、国語教師は教室全体に向かって呼びかけたのだ。

「いいですか、君たちが二年後に受ける高校受験では、設問のほとんどが記号による選択肢になります。ですからその選択肢の中の不適切な表現を見つけていち早く排除する。そうやって正解にたどり着く。これからそんな力もつけなければなりません。そのことを君たちに知ってほしいので、教科書にはなかったこの俳句をあえて出してみたのです」

聞きながら碧は、国語って難しいと思い始めた。今まで本を読む時、ストーリーを追うだけでなく、気に入った表現や言葉にじっと魅入りながら、あれこれ空想を広げるのが大好きだったのに。これからそんな読み方、変えなければならないのだろうか……。

「わかりましたか?」

ぼんやり考え込む碧を、国語教師が怪訝そうに覗き込んできた。碧はさらに問い直したいことが山ほどある気がしたけれど、「はい」と小さく返事して席に着いた。

それから数日後、母親がママ友から聞いたという噂を夕食の話題にした。

「ねえ碧、あんたの通っている学校で、零点取ったくせに問題が悪いって先生に文句つけた二年の女子がいたって噂あるけど誰なの、まさかあんたじゃないよね」

「ううん、違うよ、私普通に質問したけど、文句なんか言わないもん。きっと他のクラスじゃない？　それに点数ひどかったけど、私零点じゃないし」

　そう返事しながら、碧はふと思い出すことがあった。納得のいかないまま席に着こうとした時、後ろの方で誰かの「うぜ……」とつぶやく声がしたのだ。ただその時は自分に向けたものとは思わずそのまま忘れていた。しかし母とこの会話をするうち、急にはっきりとその声が記憶の底で繰り返されるのだった。

　その次の日からあの過呼吸が始まっている。それが最初に現れたのは給食後の昼休みだった。特にすることもないので、五時間目の漢字小テストに備えて教科書をパラパラ眺めて時を過ごしていた。自分と同じような子もいれば、ノートに絵を描いている子、話し込んでいる二人組、走り回る男子たちなど、それぞれクラスメートが思い思いに過ごすいつも通りのお昼だった。後ろの方で女子が何人かでおしゃべりに花を咲かせていて、その中に小学校時代によく遊んだ子もいた。テストの予習にも飽きて、なんだかその輪に入ってみたくなった。話題も大好きなアニメのことが聞こえてくるし退屈しのぎにちょうどいい。

　そして碧が席を立ち、そのグループに近づいた時だった。にぎやかだったおしゃべりがピタッと止んだ。そればかりか小学時代からよく知るその子が碧の方を見やって、「あ、私トイレ行く」と唐突に言い、他のメンバーも「私も行く」「私も」と口々に教室から出て行ったのだ。碧はその場にぽつんと残され立ちすくむしかなかった。そして耳の奥で、あの時の

「うぜ……」という声がもう一度した。

あのつぶやき、……やっぱりわたしに向けたものだったの……

それまでの長閑だった昼休みが一変した。急に別の顔をし始めた教室から、「ここはお前の居場所じゃない」と告げられた気がして、席に戻ると肩を上下させる呼吸が始まったのだ。誰にも見られていないことを願いながら、ヒューヒュー音がしそうになる口許を押さえてしのいだ。五時間目が始まる頃、息苦しさはなんとか収まっている。

その後はお決まりのコースだった。班決めや席替えの時、いつも除け者にされるのを感じた。ある朝には登校したら上履きがなかった。あちこち探して下駄箱脇のごみ箱から見つけ出している。本来なら周りの大人、例えば親なり教師なりに相談するべきなのに碧はそうしなかった。変なプライドがあったのか、「わたし、たとえ一人でも大丈夫、胸を張っていればいいもん」と決めてしまい、いろんな出来事を一人で背負い込んでしまったのだ。でもほんとうは、わが身に起きていることを信じたくなかっただけかもしれない。嫌なことが起きるたび、あるいは起きたことを思い出した時、それから、同じことがまた起きるのではないかと考えるたび、不安定になる自分を感じた。

以来、自分の意見をちゃんと言えた少女は見る影もなくなり、周りから浮かないか、そればかり気にする中学生になってしまった。

わたしって、周りからどう見えているのだろう。みんなから見ると、自分で思う以上に変な子なのだろうか。……何をどう直せばいいの……。

そんな碧のことを容子センセイは忙しい中、注意深く気にかけてくれる。時には見守るばかりではなく、やんわり話を聞き出そうとするのだが、そのたび失敗に終わっている。センセイの意図に気付いた碧は、どうしてだか寡黙にうつむいてしまうのだった。

だがその日は違った。めずらしく自分から相談する気になったのだ。それで問題集から顔を上げ「ねえ、センセイ」と言おうとした時、あの校内電話が鳴ったのだ。受話器から金属的な声が漏れて、それはたぶん副校長先生のようだった。だから相談は電話が終わってからにしようと、また問題集に目を落として待つことにした。

「あ、はい、二年三組の外村碧さんなら、今ここで自習していますけど」

そんな声がいきなりして、反射的に顔を上げたらセンセイと正面から見つめ合った。するとセンセイの目が大きく見開き、「えっ!」と小さな悲鳴が上がったのだ。受話器を耳に当てた片方でメモ用紙を引き寄せ、つかんだボールペンを回そうとしたようだが、もつれて指から落ちてしまった。それでも受話器に応えながら急いでメモを取り始めた。

「はい、……ええ、……はい、……そうですか、……はい、伝えます」

受話器を置いたセンセイは書きとったメモを一瞬見つめ、まるで自分自身を落ち着かせるかのように息をふっと吐いて立ち上がった。

「ミドリさん、すぐ帰る支度して。お家から電話があったらしいの、おばあさまが倒れられたって。運ばれた先は旭丘の大学病院。ご家族の皆さん集まっていらっしゃるようよ。場所わかる? あ、道順とか連絡先これに書いたからね」

碧は差し出されたメモを手にしても、早口で放つセンセイの口許をぽかんと見つめるばかりだった。だって今朝、「行ってらっしゃい」「行ってきます」を交わしたばかりじゃないか。おばあちゃんの温もりが、まだ自分の掌に残っている。それなのに倒れたなんて何かの間違いに決まっている。いや、きっと嘘だ。でも、「そうだ、私がカバンとか持ってきてあげるね。ここでしばらく待ってて」と言い残して教室に急いだその人は、ミドリが信頼する数少ない大人の一人、「容子センセイ」なのだ。

一人残された保健室で碧は急に寒気に襲われた。全身から血の気が引き、メモをつまんだ指先と膝頭がぶるぶる震えて止まらなくなった。

病院では母親と祖父が待っていて、夕方父親も駆け付けた。その夜、祖母は家族四人に見守られ静かに亡くなった。医師の説明では頭の中の動脈が破裂して、運ばれた時は手遅れだったとのことだ。普段から風邪一つ引かない祖母だっただけに、そんな病巣があるなんて気付かなかったと、大人たちは口々に悔やんでいた。


祖母が亡くなってしばらく、悪いことがもう一つ起きた。容子センセイが学校からいなくなったのだ。三年に進級した始業式で、壇上の校長先生からセンセイの転勤を知らされ、碧は列の中で悲鳴を上げそうな口許を押さえた。確かに周りを見渡しても、体育館の両端に並ぶ教師たちの中にセンセイはいなかった。あれからお葬式や学年末試験などが続き、センセイとはゆっくり話ができなかった。新しい学期でいろいろ相談しようと決めていたのに、そのセンセイがどこか遠くに行ってしまった。誰かが意地悪なスイッチでも押したのだろうか、碧の心をわずかに照らしていた灯りがもう一つ、消えてしまった。

それからしばらく、外村碧の氏名は不登校生徒のリストに入れられている。しかし最初は彼女なりに頑張ったのだ。センセイはいなくなったけれど、ちゃんと登校しようとそれだけは心に誓っていた。その時考えたことは第一に我慢、そして第二にも我慢すること。とりあえずあと一年我慢すればいいのだ、たった一年、四万年じゃないのだし。そうすれば春が来て、卒業すればその先は自分で決めた道を思い通りに歩ける。そのためにも我慢して授業だけはちゃんと受けようと心に決めた。

「いよいよ君たちは受験生です。そして九年続いた義務教育の仕上げの一年が始まります。それから先は自分で切り開く人生が待っている。覚えておいてほしいのは、進路の選択なんて今回だけではありませんからね。これからきっと何度もやってきますよ。だからこそ、この一年でする経験をその先でずっと活かせる強い人になってください。そして自己に責任を持ちながら生きていく、立派な社会人となれるよう……」

担任や進路担当の教師たちは、生徒の前に立って手を変え、品を変えてはそんな話を繰り返した。耳にタコができるほど聞かされた碧も、覚えたての「背水の陣」という言葉まで引っ張り出し、もうこれ以上保健室に逃げ込むことはやめにすると心に誓った。

そんな碧だったのにある日のこと、その保健室へと向かい始めていた。特別な理由なんてあるはずないのに足が勝手に動くのだ。空っぽの頭の先の、末端にある足だけが意思を持つかのようだった。そして保健室の前にたどり着いた時初めて我に返った。自分がなぜそこにいるのか不思議な気分で入り口を見つめていたら、すりガラス窓の向こうから人影が近づいてきた。それは新しい養護の先生に違いなかった。ここに来た理由をどう言おうか言葉が見つからず体が硬直し始め、慌てて踵を返そうとしたが間に合わなかった。ガラッと開いた戸の先に三十半ばの女性が現れ、容子センセイより若そうなその人と初めて近くで対峙したのだ。

「あら、どうしたのですか、ご用は?」

新しい養護の先生は端正な表情で眉一つ動かさずにそう言い、まるで品定めでもするかのように碧のことを上から下まで見下ろすのだった。

「あ、いえ、あの、すみません、あの……教室に戻るところです」

口許がこわばったがなんとかそう答えた。

「そうなの。チャイムは聞こえたでしょう。急ぎなさい」

それは淡々と諭すような口調だった。

「はい、すみません」

碧は会釈もそこそこに、廊下の角を曲がるまで小走りで急いだ。四時間目の授業にはどうにか間に合うことができている。

次の日、昼休みに保健室に顔を出すよう担任から指示があった。養護の先生が呼んでいるらしい。碧は昼休み終了五分前の、予鈴が鳴る少し前を見計らって保健室に向かった。昨日のことで叱られるかもしれない気がして、できるだけ人目が少なくすぐ終われそうな時間を選んだのだ。ドアの前で肺が震えるような深呼吸をしてドアをノックした。

「どうぞ、お入りなさい」とあの声がした。

「失礼します」

一歩足を踏み入れて碧は立ちすくんだ。保健室はまるで知らない部屋に変貌していたのだ。ベッド、机、薬品棚など大きなものから、体重計や身長計、発熱者用の製氷つき冷蔵庫、それればかりかカレンダーや掲示物の位置まで、ありとあらゆるものが以前と違うレイアウトに模様替えされていた。容子センセイが用意してくれたあの机と椅子はどこにも見当たらなかった。開けた戸を閉めようと振り返ると、そこにB４サイズの紙が貼られていて、「病は気から」とプリントアウトされた文字が黒々と目に入った。

新しい養護の先生は椅子から立ち上がり、何かを手にしながらやって来た。

「あなたが外村碧さん、ですよね。はい、これ……」

それは容子センセイに預けてあったあの数学の問題集だった。

「前の先生から引き継いでいたけれど、あなたに返しておきます。昨日あなたと会ったでしょう。名前を調べたらこれの名前と同じだと気付いて。あなたのよね、これ」

「あ、……はい、そうです……ども、……ありがとうございます」

なんとかそう言えてお辞儀した。あらためて見る新しい先生は端正な顔立ちで、やはり昨日と同じで眉一つ動かさない。その先生と変に見合う形で息苦しくなりかけた時、計画通り予鈴のチャイムが救ってくれた。

「では、失礼します」とお辞儀すると先生は、「あ、ちょっとお待ちなさい」と制して書類棚からプリントを一枚持ってくるのだった。

「はい、これ、新しいクラスの担任から渡っていると思いますが、あなたには念のためもう一度差し上げますね。カウンセリング室の申込用紙です。今年度は月、水、金にカウンセラーの先生がお見えですから、必要な時はこれで申し込んでください」

差し出されたプリントと先生の顔を見比べていると、これから大事なことを申し渡します、とでも言うふうな淡々とした口調が始まった。

「副校長先生から聞いたのですが外村さん、あなた昨年度まで保健室に入りびたりだったみたいね。昨日もそれで来たのでしょ。でもここは怪我や体調の悪い人を手当てする場所ですからね。これからは前任の先生がされたような対応はできません。それにいいですか、ここで時間を浪費するのはあなたのためにならないのです。必要な時には専門のカウンセラーに相談すべきです。それが結局あなたのために……」

「失礼します」

断ち切るように頭を下げて保健室を飛び出した。失礼な態度なのはわかっている。だがこれ以上いると我を忘れて泣き崩れるか、あるいはとんでもない暴言を吐きそうで恐ろしかったのだ。碧はそのどちらの自分にもなりたくなかった。たぶん先生の意見にはちゃんとした理屈があるのかもしれない。でも容子センセイとの時間を否定されるのは、それだけはどうしても耐えられなかったのだ。

次の日、碧は朝から何度もトイレに駆け込んだ。登校しようとすると吐き気が襲ってくる。父親は早くに勤めに出ていたし、パートに出る時刻の迫る母親も、時計と見比べながら「だいじょうぶ?」を繰り返すばかりだった。胃の中が空っぽになり、胃液すら出なくなっても絞り上げるような嘔吐が収まらない。涙目でしゃがみこんでいると、トイレの向こうに祖父がやってきたらしく母親となにやら話し込む気配がした。

「今日はもう休みなさい。学校には母さんが電話しておくから」

しばらくすると母親のそんな声がして、その途端、嘘のようにお腹の苦しみがすうっと引くのだった。碧は便座を抱え込んだまま、キツネにつままれた気分でいた。

「今日はシフトの関係でどうしても休めないの。おじいちゃんが見ていてくれるから、治らないようならちゃんと病院行くのよ」

「うん、……わかった」

排水タンクを見つめ、身じろぎ一つせずそう応えた。休みの許可が下りたからって、のこのこ出て行くのでは恰好がつかない。

「じゃあ、お義父さま、よろしくお願いします」

そんな声が玄関から聞こえ、それから「ダルマさんが転んだ」を口の中でゆっくり十回唱えてからトイレを出た。

台所の方で水を流す音がするので、行くと流しで食器を洗う祖父の背中があった。外村家では朝食の食器を洗うのは碧の役割なのだ。両親より後から家を出るので、おばあちゃん亡き後はその役割を引き継いでいる。

「あ、おじいちゃん、ごめん、それ私やるから……」

慌てて声をかけると祖父は、洗い物のしぶきをまき散らしながら振り向いた。

「うんにゃ、せんでよか。碧さんは具合の悪かとやけん、ゆっくりしとき」

祖父は相手が誰であれ「さん付け」で呼ぶ。それは孫が相手の時もそうなのだ。それから生まれ育った長崎の言葉でしか話さない。九州の佐賀で祖母と出会い、その後上京して何十年も経つのにずっとそうらしい。仕事一途で、家事一切から身の周りすべてを妻に委ねてきた人だ。昭和を生きた男にありがちなそんな祖父は、慣れない洗い物の手つきが危なっかしかった。お皿なんか割りそうでひやひやするし、手順があまりに悪過ぎる。碧は布巾を取り上げ悪戦苦闘する祖父に並んだ。

「洗ったのをこっち渡して。私が拭いてしまうから」

祖父は「大丈夫ね？」と訊ねたが素直だった。洗った茶碗やお皿を、まるで生まれたてのヒヨコでも扱う手つきで渡してくる。

片付けの後、食卓に腰を下ろした祖父に碧はお茶を淹れてあげた。亡くなったおばあちゃんがいつもそうしていた姿が焼き付いていて、その手つきを真似ながら急須を二度ほど揺すり、それを何度かに分けて湯呑に傾けるのだ。

「碧さん、大丈夫ね？」

祖父はまた同じことを訊ねてくる。

「うん、だいぶ収まったから。昼くらいには元気になりそう」

「ああ、そうね。そりゃよかった」

祖父は満足そうにうなずき、お茶をゆっくりすすった。おばあちゃんが生きていた頃、二人が仲良く向かい合ってお茶していたあの光景を思い出す。そんな二人に「行ってきます」の声をかけた日々がつい昨日のことのようだ。トイレで吐いたせいか碧もお茶が飲んでみたくなり、急須の残りをマグカップに注いでみた。胃にしみそうだったから、唇を湿すくらいにちょっぴり口にふくんだ。舌先に快い苦みが転がり、その中にふわっとした甘さが広がった。祖父は飲みかけの湯呑を手にしたまま目を丸くして、「大丈夫ね?」ともう一度訊ねた。さっきからそれしか言わない。

「うん、口の中がさっぱりする。日本茶って苦いだけかと思ったけど、甘さも感じて不思議……こんなに美味しいんだね」

「ほう、そうね。そりゃよか」

嬉しそうに顔を崩し、これも同じような言葉で応じた。祖父は昔から無口だしあまり余計なことは言わない。でもその短い言葉が、今日はいつも以上に温かく耳に届く。思い起こせば、おばあちゃんとおしゃべりに花を咲かせる時、おじいちゃんはいつも静かな笑みをたたえ、その傍らでじっと聞いていた。

「……碧さん、……大丈夫ね?」

しばらくすると祖父は、またも同じ言葉を繰り返す。両の掌で湯呑を包んで優しく見つめてそう聞くのだが、その口調はそれまでとは少し違っていた。

「えっ?」

「あ、いや、学校……学校、大丈夫かと?」

「ああ……うん、だいじょうぶ。一日くらい授業休んだってすぐ追いつける。友達なんかも、ノート、見せてくれるし……」

たぶん祖父は、違うことを心配したのだとすぐにわかった。だけど碧はとっさに、知らない顔でそう返事した。今の碧にノートを見せてくれる親切な友達なんて、一人もいるはずがなかった。

「もう痛みもないし、明日からちゃんと学校行ける」

「ああそうね。そりゃよかった。そうしたら今日はゆっくり休んどったらよか」

祖父は優しくそう言ってくれた。そのやわらかなまなざしをもらうと、明日は大丈夫、明日こそきっと大丈夫な日々が戻ってくるという気分になる。

「うん、お昼まで部屋にいるね」

碧は立ち上がり茶の間を出る時、どうしても言いたい言葉が込み上げて、「おじいちゃん」と声をかけた。優しいおじいちゃんのまなざしが碧を見上げた。

「おじいちゃん、ありがとう」

そう言い残して二階に駆け上がった。


しかしながら次の日、状況は何ひとつ変わっていなかった。前日に起きたことをなぞるように吐き気を催しトイレに駆け込んだのだ。思い余った母親は仕事を休み、碧を病院に連れていった。メディカルな不具合はどこにも見つからず、とりあえず胃腸がらみの薬だけが処方された。医者は心療内科の受診も勧めたが碧は頑としてそれを拒んだ。「家に帰る」の一点張りで、以来本格的な不登校が始まっている。

休みが続くと、学校からのコンタクトが連日のようにあった。担任から電話があり、電話口に出されても、碧は「はい」と「いいえ」だけを繰り返し、あとは受話器を握りしめるばかりだった。埒が明かないと判断したのか、週末になってその担任が訪ねてきた。しかし本人を前にして、両親と教師の三人は互いに困惑の表情を並べるばかりだった。それでも担任は、クラスの中のいじめや、あるいは教師から何か嫌な思いをしなかったか執拗に問いかけ、そのたび碧は小さく首を横に振るのだった。それを両親の前で何回か確認した後、担任はようやく帰っていった。その後学校からの連絡はあまりない。

家から一歩も出ない生活が始まった。ただ十五になろうとする少女は、決して自暴自棄になったわけではないのだ。もちろんそうなってしまいそうな瞬間がまるでなかったわけではないが、とりあえず自分の未来に光明を残しておこうとした。だから毎朝決まった時間にベッドから起き上がるし、制服はまだ無理だったが、パジャマから普段着に着替えて毎日をだらしなくならないよう心掛けた。少なくとも午前中は学習机で教科書や問題集を開き、朝と昼は決まった時間に茶の間に降りた。食卓で待つ祖父と二人で食事するという、新しい生活のリズムができ上がったのだ。

この祖父の存在はありがたかった。朝と昼に一緒に食事をし、あの日のように分担して洗い物をするのだ。そして二人でお茶をすする。碧にとって唯一の心安らぐ時間なのだが、それは祖父にとっても同じだったかもしれない。学校に行かない碧に小言や説教らしいことを一切言わないばかりか、毎日繰り返されるこのルーティーンをむしろ心待ちにしているようにさえ見えた。

「おじいちゃん、上手になったね」

「え、何がね?」

「お皿の洗い方。最初ひどかったよ、台所じゅう水浸しになったし」

「ああ、そうやったかね、台所周りとかあんまりしたことなかったけんね」

すまなそうな顔をする祖父に、あんまりじゃなくってまったくでしょと笑いたくなったが、碧は皿を拭きながらおばあちゃんのことを自然に思い出した。

「おばあちゃんって、やっぱりすごかったな。八十過ぎても家事全部一人でこなしていたでしょう。でも疲れた顔一つしないで明るくみんなに優しくて……わたし、あんなおばあちゃんに早くなりたい」

「ああ、そうね。……ばってん、そげん一足とびにばあさんにならんでもよかたい。碧さんは一日ずつ、ゆっくり生きとったらよか」

でもそう言った後、祖父の食器を洗う手がはたと止まった。そしてどこか遠くを見る目が窓の外を向き、小さなため息をつくのだった。

おじいちゃんは近頃、よくこんな目をしてぼんやりする。


祖父の手から、そっと碧は皿を受け取った。

そんな平穏な毎日がしばらく続いた六月のある日、祖父の身に異変が起きた。

その日の朝も食器を洗い終え、穏やかなティータイムが始まろうとしていた。いつものように湯呑とマグカップが向かい合う時間だった。

「……なあ、美鶴さん」

祖父はお茶をひと口ふくんだ後、確かにそう言った。碧は一瞬、おばあちゃんが傍らにいるのかと見回すほど、それは自然な口調だった。

「えっ……」

でもそれが、自分に向いてのおじいちゃんの間違った呼びかけだとすぐにわかり、思わずくすっと笑ってしまった。おじいちゃんも気付き、ばつの悪そうな苦笑いを浮かべ、しかもその後つらそうな表情に変わった。

「……ああ……」

そしてため息をつき、どこか遠くを見るあの目になったのだ。それはいつも以上に哀しい目だった。ほんとうに呼びかけたい相手はもうどこにもいない、永遠に会えないのだと今知らされたような目だった。それから考え込むように黙ってしまい、さっき「美鶴さん」と呼びかけた続きは何だったのだろう、それはもう永遠に聞くことはなかった。黙って見守るしかなかった碧の目の前で、祖父は元気なく立ち上がり仏間へと去っていった。湯呑にはなみなみと注がれたお茶が残されていた。

その日、お昼はおじいちゃんの大好きなソーメンにしようと決めた。碧は料理が得意な方ではないし、いつもは母親の作り置きを冷蔵庫から出し、レンジで温め盛り付けるだけだが、ソーメンならなんとかなりそうだ。まあこの蒸し暑い日にソーメン茹でるのはちょっと苦労だけど、ここは一つ〝がんばりどころ〟だと張り切ったのだ。大きな鍋にお湯を沸かし、ミョウガなど刻んだりして正午を待つ時それが起きた。おじいちゃんのいる仏間の方で何か変な音が続いた。尋常じゃない気がして慌てて火を止めた。

「おじいちゃん、どうしたの、何かあったの?」

急いで駆け付けると障子の向こうでバサッ、バサッと何かを投げる音が断続的に続いている。その合間におじいちゃんの独り言がぶつぶつ聞こえていた。

「どうかしたの、おじいちゃん。開けるよ、いい?」

返事はなかったが思い切って開けると、目に飛び込んだのは畳一面、散乱するおびただしい数の大学ノートだった。六畳一間の仏壇の置かれた部屋だが、祖父は四つん這いになって押し入れに頭を突っ込んでいる。そしてその奥で「みつからん、みつからん」と独り言が聞こえてくる。さらにその背中越しに大学ノートがバサッ、バサッと飛び出してくるのだ。

「おじいちゃん、どうしたの、探し物? ねえ、おじいちゃんったら!」

それはまるで犬を思わせた。庭に埋めた忘れ物を必死に掘り探す犬の姿だった。たまらない気持ちになって駆け寄り、祖父の背中に手を置いて必死に呼びかけた。

「おじいちゃん、しっかりして、ほら、もうやめて!」置いた手にびくっと硬直する背中が伝わった。そしておじいちゃんはゆっくりこちらを振り向いたのだが、その目は何も見ていなかったかもしれない。今朝と同じ、焦点の合わない目になってこちら側を向いていた。

「探し物? 私も手伝うから、一緒に探すから、ね、落ち着いて」

こんな時は自分こそ落ち着かなきゃと、できるだけゆっくり声をかけてみた。すると四つん這いの四肢がゆるゆる後ずさりを始め、押し入れから白髪の頭が出てきた。そして、おじいちゃんってこんなに小さかったっけと思わせるほど、空気の抜けたようにぺたんとした座り方をした。

「何を探していたの？」

問われた祖父は、少しずつ現実に呼び戻される顔になり、やがて無言だった口からか細い声がでてきた。

「……はあ、なんばしとったとやろ……よう思い出せん……」

「このノート、何なの？」

「ん？……ああ、こりゃあ美鶴さんの日記たい。なしてこげん散らかっとると？」

「えっ、おばあちゃんの日記！」

碧は散らばる大学ノートをあらためて見回した。おばあちゃんが日記を毎日つけると聞いてはいたが、初めて見るそのおびただしい数に絶句した。同時におじいちゃんがここから何を探そうとしたか俄然知りたくなったが、今それを問うのは躊躇した。おじいちゃんがまたさっきみたいに戻りそうな気がしたからだ。

「ね、おじいちゃんは茶の間で待っていて。私ここ片付けたらすぐ行くから。あ、お昼はソーメンにするよ」

祖父は返事ともため息ともつかない「ああ、」という言葉を残し、よろよろと覚束ない足取りで茶の間の方に出て行った。

碧は一人、散乱する大学ノートを拾い集めた。おばあちゃんの日記だというノートを一冊ずつ拾っていると、火葬場でのことが自然に思い出される。あの時おばあちゃんの骨を拾いながら不思議と涙は出なかった。さんざん泣き尽くしたせいなのか、あるいは焼かれて骨だけになったおばあちゃんを見て、心のどこかであきらめがついたのか涙一つこぼれてこなかった。お骨を箸でつまみ、一つひとつ壺に重ねていったあの時、自分は何を考えていたのだろう。その時をいぶかしく思い出すことがある。それなのに今、おばあちゃんの日記を拾いながら涙がさらさら流れて止まらなくなるのだ。中身を読みたい誘惑を抑えながら丁寧に重ねていくと、押し入れにノートの山が三つもでき上がった。

少し遅くなったお昼、二人でソーメンを食べた。おじいちゃんはむさぼるように麺をすすり、口いっぱいにほおばっていた。まるで幼な子に還ったみたいな様子に、碧は思わず箸を止めた。そんな食べ方をするおじいちゃんなんて初めて見たのだ。


それから一週間後、六月の終わりに祖父が失踪した。

その日、碧はあることを決めていた。それはあの、仏間での探し物をおじいちゃんに問うてみることだった。何度も聞こうとして口にできなかったあの問いだ。でもこのままでは状況はますます悪化し、なんにも受け答えのできないおじいちゃんになりそうで、そっちの方が怖かった。そんな祖父を救うには探し物を見つけるしかないと思ったのだ。

おじいちゃん、あの時何を探していたの? おばあちゃんとの大切な何かだよね。もしよかったら、わたしも一緒に探させて。

どんな訊ね方なら祖父を傷つけずに済むかさんざん思案した挙句、結局普通が一番いいのだという結論にたどり着いた。しかしいざそれを実行しようとした朝、茶の間に祖父はいなかった。いつもはテレビを眺めながらぼんやり待っているのに、めずらしく寝坊しているらしい。碧は食卓を整えてしばらく待ったが一向に姿を現さない。だんだん不安になり、仏間の外から声をかけた。

「おじいちゃん、起きている? もうすぐ九時になるよ」

だが障子のうちから返事はなく、そればかりか人の気配すらしてこない。一週間前の出来事がフラッシュバックして心臓が早鐘のように打ち始めた。

「おじいちゃん、大丈夫? 開けるよ、いい?」

声かけと同時に障子を滑らすと、がらんとした六畳間が現れた。布団はすでに押し入れに上げられ畳には塵一つ落ちていない。清潔好きだったこの部屋の主が、長い旅行に出たばかりといった整然さだけが残されていた。
碧は呆然と突っ立っていたが、慌てて玄関に飛んでいった。下駄箱を確かめると革靴はそのまま置かれ、愛用のスニーカーだけが消えている。何年か前、喜寿の祝いに家族みんなでプレゼントしたものだ。祖母と両親、それに碧もお小遣いからいくらか足して贈ったものだ。おじいちゃんはとっても喜んでくれ、それを履いてよくおばあちゃんと散歩に出かけたものだった。

革靴じゃなくあれを履いているってことは、たぶん散歩よね。きっとそうに決まっている。おじいちゃんは元気に帰ってくる。三十分だけ待ってみよう……。

何の根拠もないのに、碧はそう信じようとした。そうでも思わなければ、目の前の不安に押しつぶされそうになるのだ。だがおばあちゃんに先立たれてからのおじいちゃんは、散歩どころか外出さえめったになかったのもよく知っていた。
そして、その三十分が経っても淡い期待は叶わず、碧はとうとうパニックを起こした。「認知症」「老人の徘徊」、そして「行方不明」など、ニュースで聞く嫌なワードが頭の中でぐるぐる回り出し、いたたまれず表に飛び出した。近所をかけ巡っては慌てて家に戻るという無意味な行動を繰り返すうちお昼近くになった。半泣きになって電話したら母親が慌てて帰ってきた。今度は二人で手分けして探したがやはり徒労だった。

夕方、父親が早めに帰宅し、夜を待って警察署に捜索願を出してきた。夜遅く帰った父親が、母親と話すのを階段の途中で聞いてしまった。受け付けた刑事さんによると、老人の失踪は全国で年間一万人を超えるらしい。多くは三日以内に見つかるとのことだが、それを超えるとなかなか厳しい結果になることもあるらしい。碧はそれを聞いてそのまま部屋に戻り、布団をかぶってひたすら泣いた。

そしてその三日どころか、梅雨が明けて夏の盛りがやってきても祖父は戻らなかった。夜、祖父の寝起きする仏間は暗闇となり、二度と明かりは灯らなかった。

最後の灯りまでが消え、碧の心は暗闇になった。そして身体は抜け殻になった。

一日中パジャマで過ごし、机に開かれたままの参考書にはうっすらほこりがたまり始めた。昼間からベッドでまどろみ、夜は夜でまんじりともせず天井を見上げ、いつの間にか夜明けを迎えるという日々が始まったのだ。そうなると時間の進み方までおかしくなる。一分や一時間が気の遠くなるほど長く、一日や一週間があっというまに過ぎていく。

わたしって、伸び縮みするあの時計に中にいるみたい……。

学校に通えている頃美術の時間が好きだった。絵を描くのが得意だったこともあるけれど、美術室に貼られた名画の模写を眺めるのが楽しみだったのだ。わけても印象深かったのは、溶け出したチーズみたいに描かれた時計の一枚だった。有名な外国の画家が描いたという抽象画に魅了され、飽きずに眺めていた。日付や時間の感覚を失った今、その絵のことをしきりに思い出すのは、あのペラペラに伸び切った時計の中に放り込まれたような気がしてならないからだろうか。

そんな時間の中でまどろみながら、碧はいつも同じ夢を見る。それは自分の身体が金属の塊になる夢だった。果てしない空間に浮かぶ金属になった自分が、遠い星々の光る空間を飛び続けるのだ。誰かと会うため、それだけのために飛び続ける夢なのだ。

いつまで飛ばなきゃならないの、四万年もこうしているのに……。

目の前の深遠な暗闇が碧を絶望へと誘う。延々と続く夢が苦し過ぎて涙すら出なくなった時、気付いたら今度は蛍になっていた。闇夜を一人覚束なく飛び、せせらぎの流れだけが耳に届く。

わたしにじゃんけんで勝ったあなた、あなたはどこ、どこにいるの?……わたしを早く見つけて。そして一言でいいの、「あ、蛍、なんてきれい……」、ただそう言ってくださるだけで満足なのです。

夢とも現の幻ともつかぬまどろみが続いたある時、部屋にいる誰かの気配で目が覚めた。どうやら深夜のようだが、身体が金縛りのようになって動けない。なんとか薄目を開けると知らない人影が二つあった。一人は灰色の服を着て学習机の椅子に座り、もう一方は白っぽい服でベッドの足元に腰を下ろしている。

スケート選手みたいな変なコスチューム。ハロウィーンにしては早すぎるし何の仮装?……それよりなんだって知らない人がわたしの部屋に二人もいるの?――

でも恐怖心はちっとも起きない。そればかりか動けぬ碧の頬がゆっくり緩み、口許にかすかな笑みさえ浮かぶのだった。

　ひょっとして強盗とか人殺しとか……でもそれならそれで、ちょうどよいじゃない。面倒くさい手続きなしで全部終了にできる。

　もうどうでもいいやとまぶたを閉じた時、椅子に座った方から声がした。

「こりゃあ、かなりの重症だね。……ちょっと危ないな」

　低くて力強い、なんだか頼ってみたくなる声で、この人なら好感が持てるかもしれない。

「そう、ずいぶん苦しそうね、可哀そう……」

　もう一人の、たぶん白い方が相槌を打った。この声も透明な優しさが心にしみる。この人たち何者なのだろうと興味がわき、もう一度薄目を開けた。灰色の人は大柄で、白い方は華奢な体つきだ。両方とも性別はつかない顔で、外見はまるで別人のタイプなのに二人とも目だけはそっくり似ていた。そしてその目は知っている誰かを思わせるのだが、その誰かがちっとも思い出せない。でも悪い人たちではなさそうで、そう思うとやはり安心したのか、体のどこかにあったこわばりがふっと抜ける気がした。

「よし、ここはわたしの出番のようだね。どうやら君の役割はなさそうだよ」

「えっ、ちょっ、ちょっと待ってください、まだあきらめたくないです」

「いや、もう無理だって。長引かせると苦しめるだけさ、かえって可哀そうだよ」

「いいえ、希望は十分あると信じます。早まった決断は控えましょう」

横たわる自分を前に、なにやら言い争う二人の気配だ。碧は気付かれぬようじっと耳をそばだてた。


この二人、何を言い争っているの。ひょっとしてわたしのこと?……え、ほんとうに何者なの、この人たち……


「だって考えてもごらんよ、立ち直るチャンスはいくらでもあったじゃないか。手を差し伸べようとする人もいたのに、それをぜーんぶ見過ごしてきたのだよ。きっとこれからも同じことを繰り返すのさ、苦しい人生が続くだけだよ」

「わからなかっただけです。いえ、気付いてはいても躊躇したというか……つまり繊細過ぎるんです。それから周りに心配かけたくないという優しさもあるし」

「へっ、優しさ? ふん、違うね。そんなの優しさじゃなく弱さだ。……そして弱いくせに変にプライドだけは高いじゃないか。だからどうにも始末に終えない」

えっ、なによ、それ。それってわたしの悪口よね、なんか感じ悪いこの灰色。さっき頼ってみたくなるとか、好感持てそうとか思ったけど全部撤回してやる。

碧は思い切ってかっと目を見開き、灰色をにらんでやった。しかしその灰色はひるむことなく見返してくる。あの目が冷ややかに、じっと見つめ返すのだ。

あっ、この目、やっぱり見たことがある……。

「ほんとうに優しい子だったらさ、両親にあんな心配やつらい思いなんかさせたりしないだろう。気の毒にあの親たち、毎日毎日、二階を気にしながら息を凝らして暮らしているじゃないか。そしてありがたいことに三食だけはきちんと用意してくれる。それなのに留守中や深夜、こそこそ下りて獣のようにそれをむさぼり食う。そればかりか会うとその親に向かって泣きわめく、暴言を吐く、挙句は部屋に鍵をかけて閉じこもる。そんな子のどこが優しいって言えるんだ？」

灰色は白に向かってというより、もう碧を見すえて話し始めた。

このひと、誰?……なんでそんなことまで知っているの?……

「そうしてしまう本人が一番つらいのです。親の思いもわかっています。心の中では手を合わせているんですよ。だからここはまず、わたしに任せて……」

口を挟もうとした白を制して灰色は続けた。

「じゃあ、容子先生のことはどうなのだろうね、あんなに心配してくれた大恩人に、とんでもない迷惑かけたの、知っているよね……」

その人の名を聞くと苦しくて、胸が波打ち始める。容子センセイが学校を去ってほどなく、例のママ友からの情報を、母親が父親にするのを立ち聞きしたのだ。

「あのね、碧が通う中学の、喜多村って養護の先生、急に転勤させられたんだって。なんでも副校長先生とカクシツがあったって噂でもちきりなの。……」

階段の途中で懐かしい人の名を耳にして立ち止まった。そして音を立てぬよう部屋にかけ戻って国語辞典を引っ張り出した。

カクシツってなんのこと、どういう意味?

角質や革質は違うとすぐにわかり、たどり着いたのが「確執」で、辞書に「かくしつ【確執】―する　互いに自説を強く主張して互いに譲らないことから起きる不和」とあった。

容子センセイは副校長先生に何を主張して譲らなかったの……。

新しい養護の先生が碧に向かって言った、あの言葉がすぐに浮かんできた。

「副校長先生から聞きましたが外村さん、あなたずいぶん保健室に入りびたりだったのですってね。……これからは前任の先生がなされたような対応はできません」

思い出されるその言葉は「確執」の原因を暗に示していた。容子センセイが転勤になった理由が自分にあるとすると……そう思うとたまらなくなり布団をかぶって泣いた。でもそれ以上考えるのは止めにしたのだ。意識的にそうしないと自分が壊れそうだったし、なんとか立ち直ろうともがいていた時期でもあったのだから……。

「ほらね、いつもそうやって、お前は大事なことから目を逸らしていたのだよ。ほんとうは気付いていても誤魔化そうとする悪い性格だ。お前を救おうとした恩人が、お前のせいで苦しい立場に立たされたかもしれないのに。そうやって周りに迷惑ばかりかけて生きている。お前は自分勝手な存在だよ……」

とうとうお前呼ばわりにされてしまった。しかしもう抗う気は起きない。そればかりか、灰色の吐く言葉の一つひとつをそうかもしれないと受け入れ始めた。

「さ、楽になろう、わたしに任せなさい、救ってあげるから……」

いつの間にか灰色は椅子から立ち上がっていた。何のために立ち上がったかぼんやり理解する碧は、傍らに立つこの人物の顔を見上げた。この人物がいったい何者なのか、最後くらいは知っておきたかったのだ。そしてその灰色が、さあおいでと言わんばかりに右手を差し伸べてきた時、碧はあっと気付いた。

ああこの目、この目はあのとき鏡に映った目だ。あの時鏡の中にいたわたしの目……、じゃあこの人って、私自身なの!……。

あの日、思い切って死んでみようかと半分本気で考えた。生きていくことにもう価値がないような気がして、屋上に行ったらどうなるのか自分を試そうとした。それで校舎の階段を上りつめたが施錠されて何も叶わなかった。なんだかとてつもなく愚かなことを本気でする自分が情けなく、思いっきり泣きたくてトイレに駆け込んだのだ。

誰もいないトイレに入ると誰かの視線を感じ、見ると鏡に映る自分がいた。見たこともない自分が、恐ろしいほど冷ややかな目でこっちを見ていた。

その時偶然現れたのが容子センセイだった。たまたまトイレの点検に回っていたセンセイは、「あら、具合悪そう、だいじょうぶ?」と声をかけてくれたのだ。石鹸やトイレットペーパーの段ボールを小脇に保健室に連れ出してくれた。センセイとのつながりはその時に始まっている。しばらく休んで教室に戻ったらちょっとした騒ぎになっていて、「保健室に行くなら誰かにちゃんと断りなさい」と、担任からはきつく叱られている。

あの時と同じ目をする灰色の差し出す手に、何も考えずに自分の手を重ねてしまった。その掌からひんやりとした冷気が伝わり、それが腕を通って肩から背中に落ち、体の芯から震え始めた。それが冷たさからくるのか、あるいは恐怖からくるのか判然としない震えだった。ただ自分が、泣くためにトイレに駆け込んだあの時の感覚に戻っているのだけはよくわかった。

「何も怖くないよ。すぐに終わって、あとはずっと楽になれるからね」

ああ、この灰色はわたし自身、わたしがわたしを殺そうとしている……。

その時突然、かすかな声を耳にした。

「……いや、いや……死ぬのは、いや……」

それは十五になったばかりの命が、心の奥で上げる声だった。碧はじっと耳を澄ませ、その小さな、それでも助けを求める必死な声を聴き取ろうとした。

「いや、いや、……死ぬのは嫌。わたし生きたい。生きる。わたし生きるの!」

弱々しかった声が次第に大きくなり、それとともに灰色に抗う思いが全身にみなぎり、それまでとは違う種類の震えが始まった。それは心の底からわき起こる怒りだった。そしてその怒りが頂点に達し、灰色の手をぱちんと払いのけ、本物の声が叫んだ。

「もうやめて! 私生きるんだから。消えろ、お前なんか消えてしまえ!」

誰かに抱かれ髪をなでられていた。今しがた叫んだ興奮が少しずつ引き始め、おこりのような震えが、髪をひとなでされるごとに全身から溶けていく。

「もう大丈夫ですよ。あの人はいなくなりました。わたしだけです」

白いコスチュームに抱かれていた。抱かれた胸から見上げると、優しい瞳に見守られている。さっきの灰色とは正反対だが、やはりどこか似ている目をしていて、だからたぶんこの人もわたし自身なのだとわかった。そうすると、自分が自分に抱かれていることになる。ちょっと不思議な感覚だが、それでも碧は嬉しくて涙ぐんだ。

「つらかったでしょう。でも大丈夫、一人で悩むのはもうやめましょうね」

「ねえ、ずっとこうしていて。……これから私のそばで話し相手になって」

長いこと独りぼっちだった碧は、甘える声でそう訴えた。すると白い人はなでる手を止め、見上げるとその顔が少し困っていた。

「もう気付いているかもしれませんが、わたしはあなたなのです。それからさっきまでいたあの灰色も、あなた自身なのですよ。ですから今はあの人消えていますけれど、次にわたしがあなたの前に姿を現すとしたら、わたし白とわたし灰色の二人は必ずペアで現れます。つまりあの灰色は、わたし白にもれなくついてくるのです」

「もれなく？……」

「はい、もれなく。ですからわたしと話そうとするとそれは可能ですが、横からあの灰色氏があれこれ口を出して、そりゃあうるさいと思いますよ」

「あのひと、大っ嫌い」

「ええ、わかっています。今あなたはわたしを選んでいますからね。でもこれから言うことを注意深く聞いてください。わたし白もそうですが、あの灰色もあなた自身なのです。あなたが生み出すあなたの一面なのです。ですから灰色を全部否定することはできません。それはあなた自身を否定することにつながるからです」

「でも、でもどうして……どうしてあの灰色が私の一面なの。白のあなただけでいいのに……やっぱり私って、いけない心を持つ悪い子なの?」

「いいえ、それは違います」

白い人は笑みを浮かべ首を振った。

「誰の心にも両方いるのです。白ばっかり、灰色ばっかりの人なんていません」

「誰、にも……?」

「ええ、あなただけでなく、あなたの両親も、クラスメートも、学校の先生や街を行くすべての人たち、国を動かす偉い立場の人も、そうじゃなく普通の人々も、世界中の誰だって平等に、心に灰色を抱えながら暮らしているのです」

安心する気持ちと信じられない気持ちとが交錯した。自分が特別変な人間でなかったのはよかったとして、例えば亡くなったおばあちゃんや容子センセイのことを考えた時、あの二人にも灰色の心があるなんてまるで想像がつかないのだ。

「あながち灰色は悪いばかりではないのです。むしろ必要悪というのか、説明がちょっと難しいのを簡単に言うと、もし最初から白しかない人がいたとすれば、きっとその人は苦しんでいる人やつらい立場の人に理解が及ばない、おめでたいほど無神経な人になってしまうでしょう。白い心はいつも灰色の自分を乗り越えてこそ輝くのです」

「ああ、なんかわかる気がします」

「ありがとうございます。ですからもう一度言いますけど、あなたは今、わたし白を選んでいます。それはほんとうによかった。でもそれはゴールではありません。むしろ出発点なのです。これからあなたの白を磨くための出発点なのです。ぼやぼやしていたらまた思考の迷路にさまよい始め、あの灰色が再び現れないとも限りません」

「あの灰色、たとえ必要悪だとしても嫌です。もう顔も見たくないし声も聞きたくありません。これからどうすればいいのですか、私」

「はい、はっきり言えることは一人で悩まないこと、そして誰かとしっかり話をすることです。信頼の置ける誰かとです」

急に哀しくなってうつむいた。誰かと話せるくらいならこんな引きこもりなんかしてないのにと腹立たしくさえなる。親？ 学校の先生？ そんなの無理……。

「あなた、親の期待に添えなくて苦しんでいるのよね。そんな自分をさらけ出してお父さんやお母さんと話ができれば一番いいのだけれど、できそう？」

碧はしばらく考えた末、哀しい顔で首を横に振った。

「そうですか……学校も、またあの症状が出そうで怖いのよね」

今度はこくんとうなずいた。

「じゃあ、わたしからの提案ですけど、おばあちゃんとお話をしたらどう？」

思わず碧は目をむいた。いったい何を言い出すのかと白い人を見つめた。


えっ、この人ほんとうにわたし？　おばあちゃんが死んじゃったのを知らないなんて……本物ならあの哀しい別れを知っているはずじゃないの……。

それでも白い人は平然とこちらを見ている。碧はそんな相手に、火葬場のこと忘れたの？　おばあちゃんのお骨を拾ったじゃないと言おうとした時、碧の脳裏にその火葬場での光景がぱっと現れ、そしてそれが仏間での光景と鮮やかに重なった。畳一面散らかる日記を拾い集めたあの光景だった。

あ、日記……、そうか、おばあちゃんはあそこにいる。あの押し入れでずっと待ってくれている、……そうだ、読んでみよう、読めばいいんだ、読めばおばあちゃんと会えるかもしれない。いや、きっと会える!……。

「気付きましたか、よかったです。さあ、お行きなさい、おばあちゃんとお話をなさい。応援していますからね」

第二楽章　アンダンテ

碧の生活は驚くほど変わった。学校にこそまだ行けはしなかったが、朝にベッドを出るとすぐパジャマから普段着に替えた。そして学習机で日記を読み始めるのだが、そればかりでなくたまに音楽を聴いたり漫画を描いたりして時間を上手に使った。さらには得意の数学問題集に取り組んだりもするのだった。脳が活発に活動すると夜はぐっすり眠れる。そうすると幻覚のような夢はもう見なかったし、白や灰色の自分が現れることもなかった。ただ時おり、誰かが遠くからエールを送ってくれている気がして、そんな時は鏡を覗き込んだ。そして映った自分の笑顔に小さく手を振ったりするのだ。

特筆すべき変化は親への対し方だった。ある朝仕事に出る準備に忙しい父と母の前に現れて、「おはよう」と声をかけ二人をびっくりさせた。そして洗い物をしようとする母に、「それ、私がやる」とまで言ってのけた。両親は驚きながらも、むろん大喜びで互いに顔を見合わせた。絶望的な状況から娘が戻り始めたのを喜び、それでもしばらくは様子を見守ろうと慎重にもなっていた。

言うまでもなく、碧の生活に変化をもたらしたのはあの日記である。でもそれは「おばあちゃんの日記」というより、二十歳の「大野美鶴」という若い女性の歩んだ日々の刻印がそうさせたのである。だからおばあちゃんの日記を読むという行為は、「少し年の離れたお姉さんと会ってお話ししている」と表現する方がより正確なのかもしれない。

美鶴さん、女学校を卒業して会社勤めを始めたの。杵島炭鉱って近所の会社? ふーん、佐賀県って石炭の会社があったのね。そこで経理のお仕事されたのですか、大変そう。あ、そうなの、女学校って十八で卒業するの、今で言えば高校なのね……へーえ、その頃の女子は大学ってめったに行かなかったんだ。……えっ、女の子が二十歳前にお見合いしたり結婚したりするの、それってふつーだったの!

あら、美鶴さんって四人姉弟の長女でしたか。大野家のご両親ってどんな方? ああそうか、会ったことないけどわたしの曾祖父と曾祖母に当たる方ですよね。……なるほど、時代なのかな、うちの両親よりちょっと厳しそう……あ、うん、うん、それうちとおんなじ。うちのお父さんもよくそんな冗談言って得意になることあったわ。そして一人で喜ぶのよね……そっか、いつの時代も変わらないことってあるものですね……。

それは心から信頼するお姉さんとの会話だった。うきうきする楽しい時間は、あの容子センセイの時以来、いやそれ以上だったかもしれない。そしてその楽しい時間がしばらく続くうち、お姉さんの身にちょっとびっくりの展開が始まった。

えっ、その新しく職場に来た人って、えっ、えっ、とのむら！……外村っておじいちゃんのことじゃない！……え、真面目そうだけど堅物過ぎてつまんなそうって、いいの、そんなこと言って。将来美鶴さんのダンナさんになる人だよ。……ま、いいか、どうせこの後結婚するの、私知っているし。

ほーらね、やっぱり……。だんだん外村さんの話題が増えてきましたよ。おばあちゃん、美鶴さん、早く気付いて、自分の気持ちに……。

やだ、美鶴さんたら、亮太郎《りょうたろう》さんって呼ぶことにしたの？　え、まだ日記の中だけなのね。そっか、こんど直にそう呼ぶんですね。いつにする？……おじいちゃんたらどんな顔するかな……なんか素敵。いよいよ恋のスタートですね。

うん、うん、ホントじれったいな。……亮太郎さんってほんとうに堅物。確かに美鶴さんの言う通りです。えっと、その、イシベ……キン、……なんだっけ、ああそう、石部、金吉、ですよね。ほら石部金吉、しっかりしろ。がんばって美鶴さん……

十五の娘は胸をときめかせ、遥か昔の恋を、自身ではまだ経験のない恋を、「半世紀以上昔の娘さん」と共に体験するのだった。泣いたり笑ったりドキドキしたり、嬉しくて飛び上がったりしながら若き日のおばあちゃんと過ごし始めたのだ。

だが日記の中の美鶴さんと亮太郎さんの恋も、楽しいことばかりは続かなかった。読み進めるうち、間違いなく愛し合う二人なのにピンチに立たされた。美鶴さんの父親が二人の交際に大反対したのだ。その反対する理由があまりに理不尽に思え、納得できない碧は涙を流しながら読み続けた。

そういえば国語の授業で習った時だっけ、遠い昔の万葉人が「愛シ」に「カナシ」って読みを当てたと知ったのは。

いずれ二人が結ばれると知ってはいても、やはり不安になる。

だいじょうぶだからね、美鶴さん。だってわたしのお父さん、美鶴さんと亮太郎さんの間に生まれた子供なの。孫のわたしが保証するから……。

それでも碧は祈る思いで先へ先へと読み進めた。そして夏の盛りが過ぎ、秋の気配がそろそろ始まる頃、分厚い大学ノートも二冊目に入ったその後半辺りで二人は無事結ばれた。でもそれは、周りに祝福されての結婚という形ではなく、いわゆる駆け落ちという、やっとの思いでたどり着くゴールだったのだ。

美鶴さん、おめでとう。よかった、ほんとうによかった。美鶴さんと亮太郎さん、ほんとうにすごい。……そしてありがとう……。

考えたら二人が苦難の末ゴールにたどり着いたおかげで、私のお父さんが生まれている。そしてその後自分がこの世に生を受けた。二人が故郷を捨てての出奔があってこそ自分が存在する。そんな自分が一度でも命を粗末にしようとしたことを思えば恥ずかしく、自然と誰かに詫びなきゃならない気持ちがわいてきた。

そうか、だからわたし、おじいちゃんの生まれた長崎や、おばあちゃんが暮らした佐賀をほとんど知らないんだわ。二人ともあまり故郷の話をしなかったし、行こうともしなかったの考えたら不思議だったけど、そんな理由があったのね。

碧は恋のゴールを夢中で見届け、そのページにしおりを挟んで立ち上がった。熱中し過ぎたせいか、頭が新鮮な空気をほしがっていた。窓を開け放つとすっかり秋めいた空気が四畳半に入ってくる。大きく伸びをすると、昼下がりの冷たい空気が頬をなでて心地よい。若い男と女の物語に命が共鳴したのか身体がほてっていた。そしてそれは、十五の少女が前向きに生きようとし始めたエネルギーの発露でもあった。

おばあちゃんの若い頃を追いかけるの、楽しい。人が生きるのって、苦しくても嫌なことがあっても、それ以上に楽しいことってあるのね。

なにか生まれ変わった気分だった。続きも読みたくなって座り直し、ノートを開こうとした時だった。挟んでおいたしおりがぽろっと落ちてきた。だがよく見るとそれはしおりではなく、茶色く変色した見知らぬ紙切れだった。古いチラシ広告の白い裏面をメモ用紙に使うため短冊状に切ったもののようだ。そこには消えかかった鉛筆文字で住所が書かれ、佐賀県杵島《きしま》郡とあり町名と番地まではかすかに読み取れる。それに続いて地名なのか人名なのかわからない文字があるが、そこはかすれていて読めない。たぶん美鶴さんの実家辺りの住所だろうが、どのページから落ちたのか定かでない。でも読み続ければそのページにたどり着くだろう、そうすればこのメモのこともわかるだろうと思った時、不意にあの光景が浮かんできた。それはおじいちゃんが探し物をするあの光景だった。

ちょっと待って……ひょっとするとこれ……あのときおじいちゃんが探していたもの？

碧はもう一度穴が開くほどその紙切れを見つめた。

この書かれた住所に行きたかったの？　そうなの、おじいちゃん……。

何かを了解したように「よし」とつぶやき、一心不乱に読みを再開した。まるで何かに憑かれたように、それは日をまたぐ深夜にまで及んだ。

翌朝、まだ夜が明けきらぬ郊外の一軒から、ひっそり出て行く少女があった。ジーンズとＴシャツにパーカー、背中に赤いリュックを背負い、これからピクニックか移動教室にでも出かけそうな恰好で、少女は西の方へと旅を始めた。

羽田発ＡＮＡ２４９便が福岡空港に降り立った。吐き出された乗客の群れがゲートに向かい、その人ごみにもまれながら歩む碧に、少しずつ現実感が戻り始めた。一歩進むごとに、昨夜からの出来事が嘘かもしれないと思えてくる。未明に、幼い頃から大事にしていたブタさんの貯金箱を布団にくるんで割った時も、東の空が茜色になるのを待って家を出た時も、ずいぶん迷った挙句に空港カウンターでチケットを買った時も、それから飛行機と一緒にふわりと宙に浮いた時も思い返せばまるで夢のようだった。そして地上に降りた今、こうして歩きながら雲を踏むような感覚がまだ残っていた。なにぶん碧がこんなに外を歩くのなんて、ほんとうに久しぶりのことだったのだ。

この住所にたどり着けば、きっとおじいちゃんに会える。そうよね、おじいちゃん。ここでまた会おうっておばあちゃんと約束したんだよね……。

お守り袋をTシャツの上からぎゅうっと握りしめ、臆病になりそうな自分を励ましながら歩いた。首に下げた湯島天神の学業成就と一緒に入れてある、あのメモだけがたった一つの道しるべだった。

空港から地下鉄に乗ると、十分ほどでJR博多駅だった。その頃には気分もだいぶ落ち着き、まずは切符を買おうとした。そして改札口の隣に「みどりの窓口」を見つけた。

わ、考えたらミドリって、私とおんなじ名前！なんか幸先いい。

買う時少し緊張しながら、「佐賀の肥前《ひぜん》山口まで一枚ください」と告げたら、駅員さんはほとんどこちらを見ずに打ち込んでくれた。こんな時は無視されている方がむしろありがたい。言われた金額を財布から払う時帰りの飛行機代のことが頭をよぎったが、切符に書かれた列車名を見てその不安もどこかへ吹き飛んだ。

「13時31分　博多発佐世保行き　特急みどり13号」

やたら13という数字が目につくのはちょっと気にはなるが、またもや「みどり」が出てきたではないか。今度はにんまり笑顔になった。

なんか嘘みたい。きっとこれ、この旅がうまくいくってお告げね。13の方は気にしない。だってうちのお葬式、お坊さんが来たもん。

改札を通ると始発の特急みどりはすでにホームで待っていて、発車まで時間があるせいか自由席に人はまばらだった。窓側の席を選んで落ち着くと、ずっと続いた緊張がほどけ、お腹が空いているのに気付いた。午後一時は過ぎているのに、朝からまだ何も食べていなかったのだ。家の近くのコンビニでおにぎりを買い込んでいたのを思い出し、リュックから出そうとしたが思い直した。発車前のお弁当はなんだか落ち着かないし、お行儀もよくない気がする。列車が動き出してからにしようと決め、とりあえずリュックを抱いて辺りをきょろきょろ観察し始めた。ウイークデーだからか、あるいは発車まで間があるせいか客室は閑散としている。窓側の席が半分ほど埋まったくらいだろうか。その中でひときわ目立つ人がいた。通路を挟んだ反対側でやたら体の大きな男の人が陣取っているのだ。屈強な身体をまっすぐ伸ばし、律義に前をじっと見すえていた。

えっ、あの人ひょっとして、刑事さん？……どうしよう……。

いきなりそんな不安がわき、胸のリュックをぎゅっと抱きしめた。それから、職務質問された時のために準備しておいたセリフを、ぶつぶつおさらいし始めた。

「はい、私確かに中学生です。学校は休んでいますが家の用事で佐賀県の大町ってところに行きます。家出ではありません。では、先を急ぎますので失礼します」

確か中二の時だったか、学年で一番のツッパリ男子が、昼休みに聞こえよがしに話しているのを覚えていたのだ。

「オレよ、家出しようとしたら職質でばれちまってよ。パトに乗せられるし、家では親父に殴られるしさんざんだったぜ。センコーと違ってマッポはさすがにビビるぜ。家出すんなら職質の答え、ちゃんと準備した方がゼッタイいいからな」

あのとき、なんて馬鹿な男子って聞き流していたけど、まさか自分がそれを参考にする日が来るなんて、夢にも思わなかったな……。

その大きな人を見ていたら視線を感じたのか、前を向いていた横顔がふとこっちを見た。碧は慌てて視線をずらし、「私、窓の向こうを見ているだけですけど」ってふうをさりげなく装い、すると大男の視線もゆっくり戻った。少しドキドキしたが、巨体に似合わぬ優しい目の持ち主なのは確認できた。誰がどう見たって好人物に違いない。もしこの人が刑事さんなら捕まっても悪くないとさえ思えるくらいだ。

え、でもちょっと待って、考えたらわたし家出じゃないし。お父さんとお母さんにちゃんと置手紙もしてある。「おじいちゃんの居場所がわかったので九州に行ってきます。黙って出かけてごめんなさい。必ずおじいちゃんと帰ってきますから心配しないで待っていてください」って……。

碧は神経質になり過ぎているのを感じ「もっと落ち着こうよ!」と自分を叱った。

長い発車ベルが鳴り終わると、みどり13号はおもむろに動き始めた。いつの間にか席は埋まりかけ、発車間際に駆け込んだ何人かが空席を求めて通路を行き交っている。窓の景色がゆっくり流れ出すのを確認してからリュックのおにぎりを出した。そしてセロハンをぺりっと裂いて口に持っていった時だった。

「あのぅ、この席、空いています？」

それは木管楽器の奏でる、低くて甘い響きを聴いたかと思えるほどだった。声の方を見上げると、すらっと背の高い女がキャリーケースを手に微笑んでいる。たぶん二十歳か、あるいはもう少し手前くらいだろうか。

うわ、きれいなひと……。

後で思い返すと碧はその時、ツナマヨにかぶりついたまま馬鹿みたいに見とれていたのだと思う。

「は、ふあい、どぞ、空いてまふ」

口の中をやっつけながら返事すると、その女性はにっこり会釈して腰を下ろした。網棚の上げ下げで動くたび、その人から清潔な香りがかすかにしてくる。

こんなきれいなひと初めて見た。ひょっとして芸能人なのかな……。

いきなり現れた隣人のあまりの美しさに、ペットボトルのお茶で米粒を流し込んでも胸の動悸は収まらなかった。食べかけのおにぎりを手に、前を向いたまま意識だけはその隣人に全集中して固まった。だが宙をにらみ隣人の一挙手一投足に注意するうち、碧の胸にそれまでとは違う動悸が始まった。それはこの美しい隣人に対する、自分でも思いがけない疑問だったので少なからず碧を動揺させた。

あれっ、ひょっとしてこの人……ほんとうは男の人だったりする？

なぜそう思ったのか自分でも判然としない。誰がどう見たって立派な女性なのにそうかもしれないと思ったのだ。それは言葉にできない直感からくるもので妄想なのかもしれない。あるいはその人の美しさが不自然なくらい完璧なのでそう感じるのだろうか。しかしながら、そのことを言葉にしたり態度に表したりできないこともよく知っている。だから碧は注意を払いながらこの隣人に対して観察をし続けることにした。

その人は網棚の荷物からノートを取り出し、それをパラパラめくり始めた。大切そうにノートを眺める姿が昨夜までの自分と重なり、ちょっと親近感がわいてくる。自分のリュックにもおばあちゃんの日記が二冊入れてあるのだ。だから余計に隣の人の見ているノートのことが気になる。気付かれぬよう、そおっと横目で観察した。

隣人のノートは、おばあちゃんの日記と同じB４サイズくらいだけど、表紙は今風でカラフルだ。そして表紙の真ん中に、太マジックでなにやら数字が黒々と手書きされていた。何の数字か気になるが、横目しか使えないのでそれ以上は判読できない。車両が大きく揺れるタイミングに乗じ、顔をわずかそちらに向けてみたがうまくいかない。だんだん意地になり、次の揺れを計って待っていたらその隣人はいきなりノートを閉じ、表紙を膝に置いたまままこつくり眠り始めるではないか。碧は心中喝采を叫び、この機を逃すものかと首を伸ばして覗き込んだ。

そこには大きく「10」と書かれ、その右肩に小さな「80」という数字が乗っかっていた。誰が見たってそれは「10の80乗」と読める。

えっと、10の80乗って何？なにか意味のある数字だっけ……。

頭の中で1の隣に0を八十個並べようとした。いくつになるのか単位を考えながら一つずつ並べ始めたが、億や兆、あるいは次の京になってもとても間に合わない。勘定するのをあきらめたが、とてつもなく膨大な数字だということだけはなんとか理解できた。数字や数学のことが大好きな碧だったが、習った授業や読んだ参考書のあれこれ思い出そうとしても、この数字の持つ意味に思い当たるものがなかった。

大切そうにしているノートにわざわざ書くくらいだから、きっと意味のある数字なのだろうけど……。

そんなことを考えていたら、眠っていたはずの隣人が急に頭をもたげた。そして何事もなかったように膝に置いたノートを開き、さっきと変わらぬ顔でページをめくり始めたではないか。碧は慌てて横を向いていた目を前に戻した。

ふう、やば……覗き見している時じゃなくってよかった。いきなり目が合ったらいくら何でもばつが悪過ぎる。

でもふと、さっきの居眠りは寝たふりじゃなかったかとの思いがよぎった。ひょっとしたらこの人、隣の女の子の好奇心に気付いて気の毒に思ったか、あるいは煩わしくってそうしたのかもしれない。もしそうならこの隣人の善意はさておき、自分のしている行為がとても恥ずかしいことに思えてならなくなった。

わたしってやっぱりおかしい……今日は特にそう。自分のことあれこれ言われるのは大っ嫌いなくせに、他の人に対してあれこれ詮索し過ぎ。さっきの窓際の大きな人にもそうだし、隣にいるこの人のことでも勝手な妄想を膨らませている。

思えば自分はそんなところが多いのかもしれない、今まで気付かなかったけれど、そんな性格が生きづらさを生んでいるかもしれない。どうだっていいことを考え過ぎてはいないだろうか。今だって食べかけのおにぎりを手に、前だけ向いたふりして固まっている。この車両の中で一番怪しい人物を一人出せって言われたら、きっと第一候補は自分だろうな……。そんな考えがわき、碧はおにぎりとペットボトルを両手にして、一人で顔を赤らめた。

そうよね、思えばわたし、いつも独り相撲。どうでもいいことにいつまでもこだわるし……。だからテストの俳句で泣いたりするんだわ。……ああ、こんな自分が嫌になる……もう直せないのかな……。

そんな気持ちになると、忘れていた空腹がぶり返した。碧はツナマヨの残りを口に放り込み、さらにリュックから昆布とおかかを取り出し、おまけに非常用のつもりで買っておいた梅シソまで一気にたいらげた。ペットボトルのお茶も飲み干したらもうどうでもいいやという気分になり、胸にリュックを抱いたまま頭を窓にもたげた。

車窓は市街地を過ぎ、いつの間にか田園風景を映し出し始めた。リズミカルなレールの音に誘われ、満腹になった碧は心地よい眠りへと引き込まれていった。列車は田んぼの中をひたすら走った。十分に実って刈り入れを待つ稲穂が風に波打ち、美しい文様を生み出している。その田園を、みどり13号は西へ西へとさらに進み続けた。

Ⅱ　10の80乗

ガタンと動き出す車両の音で目が覚めた。慌てて時計を見たらまだ三十分も経っていない。走り出した車内に放送が始まり、今鳥栖駅を出て次は佐賀だという。そうするとあと二つ目で降りることになる。そこで各駅停車に乗り換えるか、バスがあればそれでもいい。県境も越え、あと二十分ほどで到着だからもう寝落ちは許されない。なにしろ碧は徹夜明けに近い状態なのだ。窓側に預けた姿勢をまっすぐに直し、その場で小さな伸びやあくびを繰り返して睡魔を追い払おうとした。

気付くと、いつの間にか隣の人はスマホをいじっている。ほっそりした指で画面をシュッ、シュッとする手さばきがなんだか恰好よく、思わず見ほれそうになる。ノートはもうおしまいなのだろうか。そういえば自分もスマホじゃないけどガラケーなら持っている。羽田を発つ時電源を切るようアナウンスされ、リュックにしまったままなのを思い出した。でもスマホの横でそれを取り出すのはちょっと躊躇する。なにせ中一の時、入学祝に何がよいのか訊ねられ、スマホをねだったら渡されたのが父のおさがりの代物なのだ。しかもチャイルドフィルターまでついてきた。だから碧にとってほとんど無用の長物なのだが、今回ばかりは役に立つかもしれないと持ってきた。それでも電源だけは入れておこうとリュックに手を突っ込んだ。ボタンをまさぐりオンにするとマナーモードの携帯がぶるっと震え、電源がオンになる様子が指先に伝わった。ひと仕事終えた気分で車窓をぼんやり眺めていたら、再びバイブレーターの震えるうなりがリュックの奥で鳴るではないか。何の着信だろうかと、碧は慌てて携帯を取り出した。

見たこともないおびただしい着信表示があった。どれもこれも家の電話と、父と母の携帯からきた着電履歴、それに呆れるくらいのメールの履歴が責め立てるようにずらっと並んでいる。碧はこわごわ、最新のメールを開いてみた。

「置手紙は読んでいる。だから九州に向かったとわかったしそのことは信じる。ただ一刻も早く連絡がほしい。父さんも母さんも気が狂いそうなくらい心配している。二時まで連絡待ちます。連絡ない場合は捜索願を出そうと決めている。だからそうしないで済むようすぐに返事ください。もっと君と話をすればよかったと父さんも母さんも後悔している。お願いだ、すぐ返事ください。　父」

泣きたいほどの嬉しさ、申し訳なさ、後悔、困惑、ありがたさ、……いろんな感情がごちゃ混ぜになってメールを読んだ。置手紙を書く時、心配かけるかもと案じたが、これほどとは思わなかった。ただ捜索願だけは困るのですぐに返信した。

「心配かけてごめんなさい。飛行機で電源切ったまま忘れていました。今博多から列車に乗ってもうすぐ肥前山口です。着いたら手紙に書いたようにおじいちゃん探します。おばあちゃんの日記読んで手掛かりがわかりました。相談しないで出かけてごめんなさい。必ず帰ります。帰ったら良い子になります。ちゃんと学校行きます。ほんとうにごめんなさい。　碧」

返信の後、その前の着信メールをさかのぼって一つずつ開けてみた。どれもこれも文面から半狂乱になった父と母の姿が見えてくる。

自分のことをこんなに大切に思う人が、一番大切に思ってくれている人が身近にいたのに……。
涙でメールが読めなくなり、碧は着信の半分くらいを読み終えて画面を閉じた。思えば父も母も不器用だったのだ。でも一番不器用だったのは自分なのかもしれない……。いろんな後悔がめぐり、携帯を握りしめて窓の外を見ていたら、それが手の中でまたぶるっと震えた。新たに飛んできた父のメールだった。

「無事でよかった、ほんとうによかった。それから佐賀県武雄市のホテル○○に君の名前で予約を取りました。フロントに中学生が泊まるからと伝えてあります。とりあえず五時までにもう一度連絡しなさい。できたら今日はその時間までに、明るいうちに必ずそのホテルに泊まること。万一に備え父さんもすぐそちらに行けるよう準備はしてあります。宿泊代も大丈夫なようにしてあるから安心してフロントに行くこと。ホテルの電話は0954-××-××××です。　父」

碧はすぐに、「ありがとう、お父さん。言われたようにします」とだけ返信を打ち、携帯を握りしめてまた涙が止まらなくなった。

自分の安全を第一に考えてくれる親のありがたさをひしひし感じた。それとともに思い知らされるのは自分の幼稚な無謀さだった。佐賀に行けばおじいちゃんに会えて、すぐに帰れると短絡的に考えていた。うまくいかなくて日が暮れた場合をなんにも想定しなかった自分にぞっとする。そんな自分が、メールの上とはいえ親に心を開いているのを感じ、それも涙が流れる理由の一つだった。碧は泣くだけ泣いて自分を空っぽにしたかった。顔ごと窓ガラスに身を寄せていたら、映った顔が自分を見つめる。

ねえ、白いわたし。わたし、あなたのことちゃんと磨いている?

その時だった。自分の顔の背後に、誰かの目がぼんやり映り込んだのだ。その目は心配そうに自分を覗き込んでいる。

あっと気付いて身を固くした。心配するその目は隣のあの人だと気付いた。申し訳なさでどうしようと迷ううち、車内にチャイムが鳴り車掌さんのアナウンスが始まった。

「……みどり13号はまもなく、吉野ケ里遺跡公園を進行方向の右手に見ながら、定刻通り通過いたします。弥生時代の名残を一瞬ですがご覧ください……次は五分ほどで佐賀、佐賀でございます。佐賀を出ますとその次は肥前山口に停車いたします……」

車内の空気がざわついてかすかに揺れた。乗客の注意が自分の側と反対の方に向く。幸い隣人の視線も一瞬そちらに流れたようだ。碧は急いで涙をぬぐった。

ほぼ同時に、車内が待ちわびる弥生時代の櫓が見えてきた。

するとその時だった。反対側に座ったあの大きな男の人が突然立ち上がったのだ。さらにあろうことか窓にがばっと張り付くではないか。それは例えるなら巨大なヤモリのようで、その姿勢のまま流れていく吉野ケ里を見送り始めるのだった。その一連の仕草がなんだか巨大化した幼児にも見え、碧はびっくりするやらおかしいやら、思わずくすっと笑いが出た。するとその隣のあの人もこっちに振り向いてにっこり笑ったのだ。

さっきまで泣いていた目と、それを心配そうに覗き込んだ目が交わされて、互いに笑い合った。笑うとなんだか肩の力が抜けるようで、泣いていたことなど一瞬でどこかへ消えていく。そしてその時、その人が話しかけてきた。

「佐世保まで行くの?」

やはりあの時と同じ、木管楽器を思わせる心地よい声だった。

「いえ、肥前山口です、あと二つ目で降ります」

碧は応えながら、やはりこの人は男性のようだと思った。でもそんなことはもうどうでもよかった。たった一言でも、誰かとこんな自然な形で会話をするなんて、ほんとうに久しぶりなのだ。

「あら、せっかくお話しできたのに、残念ね」

「佐世保まで、行かれるのですか？」

「ええ、終点の佐世保まで。そこから松浦線に乗り換えて平戸の方に行こうかなって。でも目的があるわけじゃなく、その時任せの気ままな旅だけど」

「ああ、……そうですか……」

快調に走る特急みどりが少しずつ減速を始めていた。もうすぐ佐賀駅に到着のようだ。そうするとその次の駅でこの人とお別れになる。心残りがするようで、なぜか碧は焦り始めた。でも何を話せばいいのだろう……。

「ねえ、あなた、このノートに興味、あるんじゃない？」

その人は向こうからそう切り出し、膝からノートをつまんで上げると表紙をひらひらさせた。10の80乗の揺れる向こうに、いたずらっぽい笑顔があった。

「えっ、あ、はい……」

やはり見抜かれていたかと赤面はしたが、それでも不思議と素直にうなずけた。

「これ、私の旅の記録帖、この旅で知ったことや感想なんか書いているの」

「ずいぶん長いこと旅されているのですか？」

「うーん、長いといえば長い旅かもしれないけど、まだ五日目。東京からあちこち泊まって鉄道の旅を始めたの。昨夜は福岡に泊まって、これから平戸方面を旅しようと考えているのだけれど……。あなた、こちら佐賀に住んでいらっしゃるの?」

「いいえ、祖母は佐賀で祖父は長崎ですけど、私も東京からです。今日は家の用事で、ちょっと祖母の実家の方に……」

言ったことに間違いはないが、少し嘘が混じった気がして心がちくりとする。

「あ、そうなんだ、あなたも東京なのね、なんかそんな気がしていた」

やがて列車は佐賀駅のホームにすべり込んだ。それとともに弾みかけた会話が途絶え、二人とも急に黙ってしまった。いよいよ次の駅で碧は降りるのだ。隣の人はさっき見せてくれたノートの表紙、10の80乗をじっと見つめている。伝えたいことがあって、それをどう話そうか考えているふうにも見える。

「ここにさ、10の80乗って書いてあるでしょう」

その人が唐突にそう語り始めたのは、次の駅に向かって列車が駅のホームからゆっくり動き出した時だった。

「あ、はい。さっきそれが目に入り、なんの数字だろうって興味がわいて。それでごめんなさい、つい覗き見してしまって……」

「あ、いいのよ、気にしないで。むしろ嬉しかったかもしれない、興味持ってもらって。それでね、この数字、とんでもなく膨大なんだけど、どれくらいだかわかる?」

「はい、さっき頭の中で考えてみましたけれど、兆とか京なんかじゃとても間に合わない数だってことだけわかりました」

「わ、すごい。それがすぐわかるのって、あなた頭いいのね。ほら、これ見て」

開いてくれたノートの裏表紙に漢字がいっぱい手書きされていた。なにやら数の単位らしく、その漢字の羅列の横に数字が書かれていた。

「10の4乗が万よね。8乗は億、12乗が兆って具合に4乗ごとに単位が上がっていくじゃない。その単位、ここに全部書いてみたの。ほら、兆の次が京《けい》でしょう。その後も垓《がい》、抒《じょ》、穣《じょう》、溝《こう》、澗《かん》、正《せい》、載《さい》、極《ごく》、恒河沙《ごうがしゃ》、阿僧祇《あそうぎ》、那由他《なゆた》、不可思議っていうふうに4乗ずつ単位が上がってそれぞれに名前があるの。そして最後がほら、これ、無量大数って単位。それが名前のつく単位の終わり」

聞きながら碧は、保健室でしてくれた容子センセイの話を思い出した。数字から受ける気の遠くなりそうな恍惚感は、あのボイジャーやアレシボメッセージの話から受けた感覚とよく似ていた。

「那由他とか不可思議、それに無量大数って、最後の方はあまりに大き過ぎるからでしょうか、むしろ消えてなくなりそうに感じてしまいます、この単位の名前……」

「ねっ、ほんとうにそう。人間って五本の指を折りながら数の認識を手に入れ、それから長い時間を経て頭の中でしか使えない単位まで作り上げたのね」

「ああ、そうですよね。あ、それで10の80乗がその無量大数なのですか?」

「ううん、無量大数は10の68乗。だからあと12乗分、つまり消えてなくなりそうなくらい膨大なその無量大数を、さらに一兆倍したら10の80乗ってわけ。そしてこの数字、私のお守り。生きていくための大事な指針みたいなものかな」

「おまもり……生きていく大事な指針……?」

「あ、ごめん、なんか禅問答みたいなこと言っちゃったわね。10の80乗ってね、この宇宙に存在するすべての原子の数なんだって」

「えっ、原子、ですか。お星さまじゃなくて?」

「そう、原子の数が10の80乗個。私たちの身体や動物たち、森の木々や空気や水、大地、海、地上のすべては原子で構成されているでしょ。でも地球以外の惑星や、太陽系以外の銀河に浮かぶ星々、それだけじゃなく今わかっている130億光年先まで含めた宇宙全体を構成する原子の数、それが全部で10の80乗個あるんだって」

小学生の頃、長野の移動教室で夜の天体観測があった。その時夜空にたなびくけむりのような帯が天の川だと教わった。そしてそのけむりは、銀河の中心に密集した星々の集まりだと説明を受けたけどにわかに信じられなく気が遠くなりそうだった。でも今、この人から聞く話はその何倍もグレードアップしていて絶句するしかない。

「なんだか頭が追いつかなくて全部は理解できないですけど、それでも一番驚くのは、存在するこの世のすべてを、こんな簡単な数字で表されていることですかね」

「あ、嬉しい、そう、そうなのよ。私も一番感動したのがそこなの」

その人はまるで、話の分かり合える同胞をやっと見つけたとでも言わんばかりに、目を輝かせて語り始めた。

「……私も最初、宇宙全体の原子の数を表すなんて、それこそ地上にあるすべての紙と鉛筆が必要なくらいって思っていたの。でも10と80というたった二つの数字を組み合わせて、宇宙の森羅万象を造る材料の数を表せるの。宇宙の果てまで存在する原子をどうやって数えるのかは知らないけれど、見えなくても確かに存在するすべてを、こんなシンプルな二つの数字で表せていること、それに震えるほど感動したわ。そして思ったの、あ、世の中で人間の脳が理解できないものなんて一つも存在しないって。すべての存在は、そこにあるって表現できるし理解もできるって……。私ね、この数字に生きる勇気をもらっているんだ。だからお守りだし、大切な生きる指針なの」

その人はそこまで話すと言葉を切り、それから小さな、でも深い息をついた。そして表紙を自分に向け、なにか愛おしいものに対する目で10の80乗を見つめた。その目がぞっとするほど美しく、碧は吸い込まれそうにその人を見つめた。

「私ね、この数字を見ているとね、……自分みたいなものでも存在に意味があるんだよって、誰かに励まされている気がする」

やはり保健室にいた自分が思い出される。あの日、容子センセイから聞いたボイジャーやアレシボメッセージのかすかな光明にどれほど救われただろう。そしてそう思った時、10の80乗を見つめるその人の目の奥に哀しみが宿るのが見てとれた。頬の辺りが熱くなり涙が出そうになる。碧はできることならこの人の手を握るか、あるいはぎゅっと抱きしめてあげたい衝動が胸の奥から突き上げるのだった。

「だから正直に言うね。私、こんな恰好しているけど戸籍上は男です。ごめんね、びっくりさせてない? あなたとならお友達になれたらいいなって、そう思ったら正直に話してみたくなったの。でも正直って時に迷惑だからさ、困ってない?……」碧は首を大きく左右に振った。

「いいえ、嬉しいです。こちらこそお願いします。お友達になってください」

少し震えそうな声でそう言うと、その人の顔がぱっと明るく輝いた。

「ほんと？ よかった。あ、じゃあ自己紹介ね。天野豪太《あまのごうた》って言います。ほんとうは卒業しているはずの高校二年生で休学中。ね、笑えるでしょ名前の豪太。父親がつけたの、男らしく育てって。馬鹿みたいね。あ、でも気にしないでゴータって呼んで」

「外村碧です。紺碧の碧の字で、アオじゃなくってミドリのほう。だからそう呼んでください、ミドリって。中学の三年生ですけど、私も正直に言うと、今年の春からずっと学校休んでいます」

不登校のことまで思わず言ってしまった。知り合ってすぐの人にすんなりそう言えたのが不思議だった。自分の中で何かが変化しているのだろうか。

「うん、生きているといろいろあるからね。ミドリさんね、素敵なお名前」

ゴータはやわらかい笑顔でそう受け流した。同じような言葉でも、この人の口から出るとほんとうに「いろいろ」がどこかへ流れて消えそうな気がしてくる。

やがて列車は減速を始めた。車内放送があと二分で肥前山口だと告げた時だった。ゴータは急に立ち上がり、棚からキャリーケースを下ろし始めたのだ。

「予定変更、私もここで降りる」

碧も慌ててリュックを背負い立ち上がった。車窓の先にホームが見え始め、二人は車両の出口へと急いだ。

Ⅲ　汝の隣人

佐賀という土地は古い歴史や文化を持つのだが、福岡、長崎という華やかな両県に挟まれ目立つことが少ない。福岡との県境に背振《せふり》という山があり、それを起点に標高二、三百あまりの低い山々が、それこそ背骨のように県の北側に連なる。そして小さな県を玄海側と有明海側に振り分けるのだ。その有明海に面する方に平野が広がり、肥前山口駅はその平野の山近くにある。長崎街道と呼ばれた旧道が近くを通り、古くは多くの人々、物資、歴史上の人物などが通ったと記録に刻まれている。しかし今や旧街道は国道34号線に取って代わられ、たまに軽トラなどが行き交うが人はほとんど駅に立ち寄らない。かつてにぎわいを見せた駅前の店舗はシャッターが下りたまま朽ち始め、田んぼの向こうにコンクリートのショッピングセンターだけが静かに威容を誇るのだ。人々はそこに車で訪れ、陽気なＢＧＭを聴きながら寡黙な買い物をする。ただこんな様相を呈するのは、今や全国めずらしくはない光景だろう。そんな中で肥前山口駅は、一見分不相応とも見える複数の長いプラットホームを有している。そのプラットホームは、この駅が古くからの役割があることを主張しているように見える。ここは博多からの鉄道を、長崎本線と佐世保本線とに振り分ける支点の駅であり、かつては西九州の輸送動脈の要の一つでもあったのだ。

そんな一見無用に長いプラットホームに、定刻からやや遅れてみどり13号が到着した。特急の停まる駅にしては、降りる客はまばらで四、五人に過ぎない。そのわずかな中に碧とゴータがいて、そればかりか吉野ケ里で窓にへばりついたあの男もいた。

その大男はボストンバックを抱え、急ぐ用でもあるのかホームにかかる陸橋の階段を二段飛ばしにひょいひょい駆け上がった。ゴータたちの脇を一気に駆け抜け、驚かされた二人は顔を見合ってまた笑った。さっきの窓の時もそうだったが、大男の体形に似合わぬ俊敏さが深く二人の印象に残る出来事だった。

駅は、改札の向こうに古びた木製ベンチの待合があり、駅前に広場があってその先に国道が横切っている。先ほど急いだはずの大男だったが、ベンチに腰掛けて時計と外を見比べながら盛んに首をかしげている。誰かと待ち合わせなのだろうか。

碧とゴータも改札を出たが、立ち止まって互いを見やった。降りてはみたものの右も左もわからぬ二人なのだ。碧はTシャツからもぞもぞお守りを引っ張り出し、中からあのメモを取り出した。

「それ、どこの住所。……おばあさまのご実家?」

覗き込んでゴータが訊ねてくる。

「あ、いいえ、実家の近くではあるようですが、実はこの場所にどうしても行きたくて来たのです。あの、……正直に言います、ほんとうは私、ここに来るのは初めてで、どの方向に向かえばこの場所にたどり着けるかまるでわからなくて……」

「ああ、そうだったのね。じゃあその住所ちょっと見せて」

ゴータはスマホを取り出し、メモの住所を打ち込み始めた。

「はい、出ましたっと。……ああ、この肥前山口と次の大町駅とちょうど中間くらいの位置になるわね。各駅停車はあと十分待てば来るけど、向こうで降りても結構歩くみたいよ。えっと、バスは……うーんあと四十分待つんだって。……どうする?」

「どうしようかな……ゴータさんすみません、迷惑かけて」

「あ、迷惑とかすみませんとかこれから禁句ね、私たち友達でしょ。私、昨日知ったパワースポットがこの近くにあるのを思い出して降りたのだけど、ミドリさんに最後まで付き合うからね。あ、よかったらミドリさんも用事済ませたら行ってみない、そのパワースポット。ゆうべ博多で知り合った老夫婦に教えてもらったの」

「はい、ぜひお願いします」

もしゴータさんと一緒じゃなかったら、今ごろどんなに心細かっただろう。

碧はこの人のことを、自分を助けるために現れた勇者じゃないかと思い始めた。

「ね、どうせなら歩いてみない?」

「はい、そうしたいです」

そうしたかったことを先に言ってもらえる。この人、やっぱり勇者だ。そう信じて一緒に歩こうと決めた。晴れ上がった秋空のもと、キャリーケースを引く勇者と赤いリュックの少女は、並んで国道34号線をてくてく歩き始めた。

「ねえ、ミドリさん、今から行くその場所、訪ねる理由って聞いても大丈夫?」

その問いは、風が気持ちいいねとか、稲穂が垂れて重そうですねとか、山が色づくのはもうしばらく先かしらなどの会話がひと巡りした後だった。

「……私、ほんとうは失踪した祖父を探しに来たんです」

ゴータはほんの数秒だけ碧の横顔を見守り、それでもあゆみは止めなかった。二人の横を車が駆け抜ける国道を歩きながら、じっと耳を傾けてくれた。

「一緒に暮らしていたおばあちゃんが今年の二月、急に亡くなりました。生家はこの辺りのどこからしいですけど、今もあるのかどうかさえ私知らないんです。そのおばあちゃんの日記を読んで今日ここに来ました」

国道はゆるやかに湾曲して、その遥か向こうに信号が見える。あの青にたどり着くまで、今までのことがうまく伝わるだろうかと思いながら話した。祖母の死後、不登校になり祖父だけが心の支えだったこと。その祖父がどうやら認知症みたいになり家からいなくなったこと、順を追ってそれらを話し続けた。仏間で何かを探すおじいちゃんを思い出すと、喉の奥から熱いものが込み上げ言葉が途絶えそうになる。それでも声を震わせながら最後まで伝えることができた。信号は少しだけ近づいたがまだ青のままだ。東京と違って信号と信号の距離が恐ろしく長い。

「……失踪前におじいちゃんが探していたものって、おばあちゃんの日記の何かだろうと感じてはいました。私、おばあちゃんの日記を読み始めました。でもそれは手掛かりの何かを探すためではなく、日記の中のおばあちゃんと会いたくって読み始めたんです。ずっと学校行かず独りぼっちでしたから……。そして昨日、偶然見つけたのがさっきお見せしたメモでした。日記に挟まれていたのがぽろっと落ちてきて、それで私、そこに書かれた住所が、おばあちゃんからのメッセージに思えて、だから、そこに行けばおじいちゃんに会えるって、そんな気がして……」

キャリーを引いて歩くゴータはそこでうなずき、初めて口を開いた。

「そう、それではるばるここに来たってわけね。で、日記に何か書かれていた？　つまりそのメモがおじいさまの目的の場所だとわかる決定的な何かが」

「はい、日記の中に『たとえどちらか先に逝ってもここで会いましょうね』って。それだけ書かれてありました。なんでも古墳の跡みたいなところのようですけど、……あ、そうだ、確か中学校のすぐそばにあるってあったかな」

碧がその話をした途端、キャリーケースの立てる音がピタッと止んだ。見上げるとゴータは目をまん丸にしてこっちを見ていた。

「えっ、それって、ちょっ、ちょっと待ってミドリさん」

慌ててキャリーケースからあのノートを引っ張り出したゴータは、さっき打ち込んだスマホの地図と見比べていた。

「ああ、やっぱり……。中学校のそばだってあの方たちもおっしゃっていたわ」

なにか重大なことに気付いたのか、あるいはびっくりする新事実を知ってその感動を伝えたかったのか、ゴータは重々しい口調になった。

「……ミドリさん、今私たちが向かっているその場所、さっき私が言った場所と同じだったみたい」

「えっ、老夫婦から聞いたっておっしゃっていたパワースポット、ですか?」

「そう、ちょっとびっくりよね。ゆうべ博多の屋台で食事していたら老夫婦とたまたま隣り合わせだったの。そのご夫婦、お話し好きでいろんなおしゃべりしたの。お二人とも佐賀のご出身で、ご主人は大きな企業を勤め上げた方で奥様は笑うとえくぼの可愛いおばあちゃま。悠々自適のセカンドライフを送っていらっしゃるご様子のお二人から聞いたの。自分たちが通っていた中学校の近くに不思議な場所があるんだよって。小さな古墳跡でトキツカっていうのがあるから、時間があったら立ち寄ってごらんって」

「トキツカ……」

「ええ、正式な名前は他にちゃんとあるらしいけど、そのご夫婦が中学の頃周りの子供たちはそう呼んでいたって。お二人ともそのトキツカのそばにある中学に通っていたらしくてね、お付き合いが始まるきっかけもそのトキツカらしいのよ……」

また歩き出したキャリーバックの滑車の音に歩調を合わせ、今度は聞く番が碧に回ってきた。そのゴロゴロ立てるテンポが、今までより心なしか早くなっている。

「ご主人が中二で、奥様がその一つ下の時知り合ったって。国民学校から新制の中学になってしばらくの頃っておっしゃっていたから、たぶん、戦後しばらくの頃かしら。だからそのご夫婦、人生のほとんど何十年もカップルだったたってわけよね」

聞きながら碧は、自分の祖父と祖母を思い浮かべていた。


そのご夫婦、うちのおじいちゃんたちとそんなに年齢離れていないな。


「きっかけはね、ご主人が部活で遅くなった帰り、校門のところで女の子が一人泣きながら立っていたんですって。学年が一つ下で名前は知らなかったけど、えくぼが可愛い子だなって記憶はあったたってご主人のろけるの。その子が何かを手にして夕暮れの中で泣いていたってわけ。ねえ、ドラマのワンシーンよね」

「確かにそうですね。聞いただけでドキドキしそう。その女の子が今の奥様なのですね。で、どうして泣いていらっしゃったのですか？　その中学生だった奥様」

「そう、それでね、心配して声をかけると、巣から落ちて死んだ小鳥の雛を手に可哀そうだって泣いていたんですって。じゃあ不憫だからどこかにお弔いしようって近くに埋めてあげたらしいの。そこが私たちの向かっている古墳跡、トキツカってわけ」

「なるほど、トキツカがきっかけって、そういうことでしたか」

「ええ、それから二人は毎日のように、トキツカで雛の墓参りをされたそうよ。可愛い中学生カップルの誕生だわよね。きっと惹かれ合っていたのでしょうけど。それでね、実はそこっていわくがある場所らしいの」

「いわく?」

「ええ、いわく。トキツカで知り合ったりかかわったりする男女は結ばれるっていわく。当時中学生の間でその話題もちきりだったって、懐かしそうに話されていたわ」

「へーえ、そんなパワースポットってあるんですねえ」

「ただご夫婦が話されたのは、当時の中学生、特に女子たちが噂していただけかもしれないって。まあ今で言う都市伝説みたいなものかしら。でもね、そんなカップルが何組か存在しているのも事実らしいの。それに、現実に目の前にいた二人がそうなのだから、あながち否定できないのかもしれないね、そのトキツカ伝説」

気付いたら碧は、Tシャツの上からお守りをぎゅうっと握りしめていた。

おじいちゃん、トキツカでおばあちゃんとどんないわくがあったの?

「ねえ、ミドリさん、あなたのおじいさまとおばあさまも、ひょっとしたらトキツカがご縁で知り合ったとか？」

「あ、……うーん、それはたぶん、違うと思いますけど……」

碧は首をかしげた。

「祖父と祖母は同じ会社の同僚でしたから。そしてそこから少しずつお付き合いが深まったって、日記に書いてありました」

「そうなの。……じゃあきっと他に理由があるのね。わざわざ日記に挟んでおかれたのだから、大切な理由なのでしょうけれど……」

いつの間にかあの信号の手前にたどり着いていた。その信号は手押しの信号機で、ちょうど下校途中の小学生の男の子が一人ボタンを押すところだった。

ずっと青だった信号が赤になり、走りくる車が次々と停まった。すると男の子は右手をまっすぐ上げ、先頭の車に向かってランドセルごとぴょこんとお辞儀をした。さらに手を上げたままとっとっとっと足早に渡り切り、そこで車に向かってもう一度お辞儀をしたのだ。やがて信号が変わり車列が動き出した。どの車にもフロントガラスの向こうにドライバーたちの笑みがあった。

「可愛いわね、一年生か二年生くらいかしら」

碧はゴータの言葉に「ええ」と微笑みながら少年を見送った。自分にもあんな頃があった。

それが遠い昔のようであり、つい昨日のことのようでもある。周りの大人たちが教える言葉の一つひとつを丁寧に信じ込み、「良い子だね」と褒められるのを誇らしく思う日々が確かにあったのだ。十五になる少女はそんなことを思ったりした。

「あ、私たちは信号渡らないでここから右に折れればいいみたい。しばらく行くと旧道に合流して、その先にある中学校を見つけたらそこが目的地よ」

ゴータがスマホの地図を見ながら教えてくれた。旧道に向かって歩き出すと、国道から離れるにつれ車の走行音が遠ざかる。静寂が支配する空間が始まり、キャリーケースの乾いた音だけが耳につき始める。田んぼの向こうに集落が点在し、どこかで幼児のはしゃぐ甲高い声が時おり聞こえてくる。

「子供の頃ってさ、誰も気付かないけどみんなそれなりの悩みって抱えているのよね。そしていつか忘れ、悩みなんてなかったって顔して大人を生きていくの」

静寂な田舎道を歩きながら、ゴータが思わぬことを話し始めた。さっきの小学生にでも触発されたのだろうか。

「でもさ、忘れちゃうのは当然かもしれない。だって年を重ねると小さい頃の悩みって、だいたい取るに足らないことに思えるじゃない。もちろんその時は重大な悩みなんだけど、たいがいは時間が解決してくれるわ。だからいつか忘れちゃうのね。……でも忘れることが悪いって言いたいわけじゃないのよ、つらい記憶をいつまでもひきずるのは苦し過ぎて生きていけなくなるからね。だから子供の頃はあんなだったって、時おりふっと思い出すくらいがちょうどいいのでしょうけど……」

そこまで話したゴータは口を閉じた。碧もならって黙ったまま ついて歩いた。

隣で歩くゴータのことを自然に考えてしまう。ほんとうは卒業しているはずなのに、高校を休学して旅を始めたゴータ。ほんとうは男性なのに女性の恰好をして、でもその方が本来の姿に見えるゴータ。間違いなく世の中の「ふつう」とは違う生き方なのだろう。この勇者が計り知れない何かを抱えて旅をするのが見え隠れする。

そんなことを考えていると、ゴータがまた口を開いた。

「一番可哀そうなのは、抱えきれない悩みや苦しみを負わされて、そのことを言えない子供たちよね。きっと世の中にたくさんいるわ、そんな子供たち」

「そうですね……」

碧は相槌を打ちながら、自分もその一人だったと気付いた。抱え込んだ苦しみを誰にも言えなかった。でも自分なんかよりずっとつらい立場の子供たちが数多くいるに違いない。声を上げたくてもどうしていいかわからない子供たち、虐待やいじめ、偏見を受けても口を閉ざすしかすべを知らない子供たちがたくさん……。

「ねえ、ゴータさん、長崎の方に旅をされているんですよね」

考えたら、まだゴータのことをよく知らない。勇者だと勝手に想像を膨らませてはいるけど、そうじゃなくってもっともっとこの人のことを知りたいと碧は思った。

「ええ、平戸に行こうって旅を始めたの。佐世保から松浦線に乗って終点が平戸。そこに生きる月って書いて生月島という島があるの。その島が目的地」

「イキツキ島……？」

「そう、島だけど今は大きな橋が架かってバスや車で渡れるの。そこは昔、迫害を受けたキリシタンの人たちが追い詰められた末に行きついた島なのね。そしてそのキリシタンの人々が生き尽くした島なの、だからイキツキ島」

「行きついて生き尽くした島、だから生月島ですか。……そこに行く旅の途中だったのですね。……ゴータさん、聞いてもいいですか？」

「ええ、いいわよ。何でも聞いて」

「あの、ゴータさんって、キリスト教の信者さん、ですか？」

「ううん、違う。年の暮れには除夜の鐘をしみじみ聞くし、初詣には神社で手を合わせるわよ。それなのにクリスマスになると家にツリー飾ってケーキ食べたりする典型的な日本人の一人ね。宗教を強いて言えば、いわゆる日本教ってやつかしら」

そう言ってゴータはふふふと笑った。

「でもね、最近読んだ本でイエス・キリストのある言葉と出会って感銘を受けたの。それからかな、キリスト教にちょっとだけ興味を持ったのは。あ、でも信者じゃないし、これからもたぶんならないと思う。ただその言葉に深く考えさせられただけ」

「キリストのある言葉、……どんな?」

「汝の隣人を愛せ。聞いたことあるでしょ?」

「はい、あります。家族とか友達、近くの人を大切に愛しなさいって意味ですか?」

「うーん、そうなのでしょうけど、もっと深い意味があると私思うの」

ゴータはゆっくり首をかしげた。

「この言葉って、この世で一番守りにくい教えじゃないかと私思う。隣人って実はやっかいな存在なの。ほら、いじめをどう思いますかって百人に聞いたら、百人が百人ともいけないことだと答えるわよね。でも人が平気でいじめを始めるのは、相手が隣にいる人だからなの。隣にいるからこそ感じた違いに、その人やその人と同じカテゴリーの人間に偏見を持つわ。それが今、世界中に満ちあふれている気がする。互いが同じか嗅ぎ合い、同じなら仲間を演じ合うし違っていたら叩き合う。ネットの世界なんか、その本質がよく見えてくるわ。自分こそ正義だとみんながなり立ててるじゃない。隣にいる人を、人間を丸ごと理解して愛するのがいかに難しいか、そんなのを目にするたび痛感するわ。でもそれは今に始まったことじゃないのね。二千年前、人間キリストもそこを見抜いての言葉だったと私思う」

「ああ、そういった意味で考えると深いですね、汝の隣人を愛せ……か。確かにそれができれば、世の中からいじめや差別などなくなるのでしょうね」

「そう、紛争や戦争だってきっとね。ほら、遠くと交わり近くを攻めるって意味で遠交近攻という故事熟語があるけど、この言葉の存在そのものが、隣国、つまり隣人を愛するのがいかに難しいかを古くから証明しているようなものね」

隣を歩くゴータを思わず見上げた。碧の中で勇者だった存在が、何かもっと神々しい者へと昇格した。だがその気高いゴータは、なにやら苦しそうな息遣いを始めた。そして青白い顔で立ち止まり、虚ろに一点を見つめ始めた。

「……私ね、いじめをなくそう作文コンクールで、小学生の時最優秀賞取った人間を一人知っている。で、その人中学生になっていじめの首謀者になったの」

「えっ、それひどい……」

碧がそうつぶやくと、ゴータは言いかけた次の言葉をのみ込んだ。そして、「そうね！」と、吐き捨てるように言い放ち、それっきり黙り込んでまた歩き出した。顔には脂汗さえ浮かび、こんな話を始めた自分を後悔するような、そんな険しい表情だった。

体験したつらい過去や、あるいはかかわった誰かを思い出したのだろうか。そんなゴータの顔は、学校のトイレで鏡に見た自分を起想させた。すると碧の脳裏にも、あの時の何人かのクラスメートの顔がフラッシュバックして現れた。

ねえ、白いわたし、助けて。どうすればいいの、このままじゃあの灰色がまた出てきちゃう……わたし、あの人たちも愛さなければならないの?

そんなの無理だと思った。許せるわけがない、思い出すだけで呼吸が早くなる。できるだけ忘れようとしているのに、あの人たちを愛するなんてとても考えられなかった。

ゴータさん、あなたがそのイキツキ島ってところを目指すの、きっとわけがあるのでしょ、そうですよね。

その目的が、何かの解決を求めての旅であろうとぼんやり想像はできる。もしかして、自分も一緒にそこに行けば解決が叶うのだろうか。でもそれをゴータに、どう話せばいいのだろう……。しかし見上げるとそのゴータは、「もうこの話、おしまい」と言わんばかりの顔になっていた。碧は仕方なく並んで歩くしかなかった。

「いつの間にか私たち、旧道に入ったみたい……あっ、あれかな」

急にゴータが立ち止まり、目の前に現れた古い校舎とスマホを見比べ始めた。その校舎の先にこんもり繁る小さな森もあるようだ。

「ミドリさん、ほら見て、学校の向こう。あれ、きっとそうよ」

「ええ……」

実は碧も気付いてはいた。それなのにたどり着けた喜びがまるでわかない。そればかりか、ちょっとした戸惑いすら生じ始めたのだ。そしてそれが、目的の場所が近づくにつれてだんだん大きくなってくる。それは昨夜から始まるモチベーションが、急速にしぼんでいく戸惑いだった。この住所を訪ねておじいちゃんを救い出すのだという熱気が、そんなの無理だと言い始める。到着を前に、その気持ちをどうすることもできなくなった。

だが冷静に考えれば、それは無理からぬことかもしれない。祖父が間違いなくあの場所を目指していたとしても、それはふた月以上も前のことだ。あの繁みの中に祖父がいつまでもいるわけはないし、何かの痕跡が残っていることもあり得ない。昨夜、熱に浮かされたように思い込んだあの目的地にたどり着いた後、この旅が壮大な無駄だったと知った時、自分はいったいどうすればいいのだろう……。

「どうしたの、ミドリさん」

急に立ち止まった碧を見て、ゴータが心配そうに覗き込んだ。

「私、馬鹿みたいですよね、こんな無駄なことをして……あそこで何もないのを知って、その後何をすればいいのか、……私、怖い」

震える声でそう訴えた。確かにそこは通りすがりの旅には風景の一部に過ぎない、木々の繁る小高い丘でしかないのだ。

「ミドリさん、大丈夫だから、無駄にはならないから」

しばらく見守っていたゴータが口を開いた。さっきまでの険しい表情はもうなく、あの優しい声の持ち主になっていた。

「私ね、いつもそう考えることにしているの、すべてのことは無駄じゃないって。十八になる今まで、私いろんな失敗を重ねてきたわ。思い出したくないのも含めて大小さまざまね。でもね、それは今の自分を形づくるため、必要な失敗をしたって考えることに決めたの。そうでなきゃ前に進めないし生きるのが苦しくなるもの。だから今あなたの感じている不安、わかるけど大丈夫。あそこに何もなかったとしても、それでも無駄にはならないから。私ミドリさんに最後まで付き合うよ。だからさ、肩の力抜いて気楽に立ち寄ってみようよ、ね」

ゴータは励ますように言葉をつなぎ、そのおかげで碧も顔を上げることができた。

「それにね、ミドリさん。あなたがこうしてここに来たこと、無駄どころか実はもうすごい成果を上げているんだからね」

「えっ、……すごい成果?」

「ほら、私たちが友達になれたってこと」

ゴータが優しい目でそう言ってくれた。その途端、胸が鳴った。「きゅんとする」って表現があるけれど、ほんとうにそんな音がしたんじゃないかと碧は思った。

「はい!」


ゴータさんって男前なひと。この人とならきっとだいじょうぶ。


頼りになる先輩に励まされた気分で、碧は前向きな自分を取り戻すことができた。

目的の場所は旧道から十数メートルほど奥にあった。周りの田んぼを突っ切るようにあぜ道がそこへと続いている。木々がその場所の正体を隠すように繁っていて、風もなく梢が一つも動かない。すぐ近くにある学校までいやに静かだ。ただあぜ道の入り口近くに、ワゴン車が一台ぽつんと停められていた。車体に「大町町役場」と書かれてあって二人は顔を見合わせた。車内には誰もいなかったが、ひょっとすると役場から調査にでも来ているのだろうか。もしそうならここは思った以上に由緒ある場所なのかもしれない。そう思った二人は足取りが軽くなり、あぜ道へと入っていった。

なんの変哲もない小さな森に足を踏み入れた途端、結界か何かを越えたように空気が一変した。周りの緑が音を吸い取るせいか、いやに静かだ。ゴータの足取りは慎重になり、碧もその背中にくっつくように続いた。木々の間から薄日が漏れてはいるが、変な冷たさが背筋に走り出す。ゴータの吐く息や、自分の心音さえ聴こえそうなくらい静かだ。どうやらさっきのワゴン車はここが目的地ではなかったらしく、さほど広くないこの森から人の気配などまったくしてこない。

身を寄せ合ってさらに進むと、目の前に背丈くらいの盛り土が現れた。しかしよく見ると、それは盛られた土ではなく古い石が積まれたもののようだ。

あ、これ、古墳の痕跡？……ああやっぱりそうだ、ずいぶん古そう……授業で習った古墳時代っていつ頃だったたっけ？

千年じゃきかない昔なのは覚えている。気の遠くなるほど遠い昔に積まれた石を、碧はそっと指先で触れてみた。岩肌は苔むしていて、思ったよりしっとりしている。表面をなぞるとわずかな砂が指にこびりついた。指先を軽くこすり合わせたら砂粒はあっけなく落ちた。千と数百年の間、石の一部であり続けたものが、その役割を終えて指先から消えた。しばらく宙に舞い、今度は地面の一部として存在し続けるのだろうか。そう考えた時、先ほど聞いたばかりの10の80乗という数字が碧の脳裏に浮かんできた。

今指から落ちた砂粒、原子の数で言うとどのくらいになるだろう。

突然、碧の目に映るすべてが原子の集合体として見え始めた。目の前にある石積、周りの木々や葉っぱ、その梢から透けて見える青い空がたたえる空気の層、それから、それから、目の前を歩くゴータの身体……。

「ねえ、ゴータさん、変なこと聞いていいですか?」

「変なこと? ええ、いいけどどんなことだろう」

「あの、人間の身体って、原子で言うと何個分くらいでできているのですか?」

「えっ、……人間の?」

ゴータは、こんな時にどうしてまたそんな質問するのって笑顔で振り返り、それでも思いのほか碧の真剣なまなざしを見て、真面目な顔で考え込んだ。

「さあ、どうだっただろ……えっと、細胞の数だったら確か数十兆とか読んだ覚えがあるけど、原子はよくわからない。きっとその何倍にもなるのでしょうね」

そう答えた後、「でも、どうして?」と付け加えた。

「いえ、……この石積を見ていたら、なんだか知りたくなって」

わき起こったもやもやしたこの疑問をどう説明しようか言葉に迷っていたら、ゴータの方から質問が投げ返された。

「ねえミドリさん、人間の細胞ってさ、毎日少しずつ新しいのと入れ替わって、何年かしたら体の全部が新しくなるって聞いたことある?」

「えっ、そうなんですか。初めて聞きました。あ、でもそうか、そうですよね」

「ね、新鮮な驚きでしょう。考えたら、毎日排泄したり垢を流したりするから古くなった細胞捨てて、その分食べ物で補充して新しく細胞を作るわけでしょ。身体の部位によってそれぞれ違いはあるけど、何年かしたら身体のほとんどが新しいのに入れ替わるらしいのよ。私も本で読んで知ったことだけど、なるほどって感心したわ」

「ああ、考えたこともなかったけど、そう聞くと確かに新鮮な驚きですね」

碧の脳裏に奇妙な循環のイメージがわいてきた。私の古くなった身体の一部が少しずつ外に捨てられ、外にあったものが食べ物や飲み物として体に取り込まれ、それが私の体の新しい一部となる。その循環が毎日繰り返され、何年か後には今私を造る原子はその大半が存在しないらしい。外から取り入れられた新しい原子で構成される私がいるのだ。そうすると「わたし」っていったい何者だろう。こんなことを考えたり、泣いたり笑ったりする私の本質って、どこにあるの……。

碧は、自分がひどくあやふやな存在であるような、それでいて世界のすべてとつながっているのを確認して安心できたような、不思議な感覚にとらわれた。

「ねえ、ゴータさん、手をつないでもらって、いいですか?」

思わずそう口にしたのはなぜだろう。どうしてもそうしたい感情がわき起こり、抑えきれなくてそれが言葉になった。

「え、ああ、いいわよ……」

ゴータは少し驚いたようだったけど、おずおず左手を出してくれた。

二人は手をつないだ。つないだ手で歩調を合わせゆっくり歩き始めた。静まり返る木々に囲まれ、ゴータの左手から温もりが伝わり、碧の右手がそれを受け止めた。

「ボク、女の子と手をつなぐの、初めて……」

照れたようにゴータがぼそっとつぶやいた。でも碧だってそうなのだ。男の子と手をつなぐなんて幼稚園のお遊戯以来だけど、あんなのカウントに入らない。中学の運動会ではいつも見学組だったからフォークダンスは見ているだけだった。でもそんなことより、ゴータが自分のことを「ボク」と言ったことにちょっと驚き、そしてそう言わせた自分が誇らしく、思わず心の中でガッツポーズを決めてしまった。

トキツカはひと歩きで奥までたどり着ける小さな森だった。やはり誰もいなくて、何かの手掛かりになりそうなものも発見できなかった。しかし失望のようなものは感じなかったし、さっきのような不安や戸惑いも起きることもなかった。きっとゴータが手をつないでいてくれたからだと碧は思った。

「ゴータさん、ありがとう」

つなぐ二つの手が握手するような形になり、そして離れた。

「いいえ、どういたしまして。手掛かりなくて残念ね。これからどうしようか、ひとまず駅に戻って考えてみない?」

「はい、お願いします」

ゴータさんと出会ってほんとうによかった。私一人だったらきっと今ごろ泣き出していたかもしれない。

感謝しながらゴータを見上げた。でもその彼は繁みの向こうに向かってじっと目を凝らしている。そして何かを発見した目がかっと見開き、黄色い叫び声が上がった。

「きゃあっ、ミドリさん、誰か、誰か死んでいる……ほら、あそこ！」

あんなにたくましく思えたゴータが女の子に戻ってしがみついてきた。指さす薄暗い先に人のように見える物体が倒れていて、それが死体のように動かない。


えっ、えっ、まさか、おじいちゃん！


しかしよく見ると、倒れているのはずっと若い男性のようだった。

「け、け、警察って何番？　ひゃく、ひゃく、えと、何番だっけ……」

完全に取り乱したゴータはスマホを出したがまるで役に立たない。しかし碧も同じく震えて互いに抱き合うしかなかった。そんな二人の前に転がる死体の腕が、かすかに動いたのだ。

「い、生きてる……ミドリさん、こんど救急車、救急車って何番、ねえ何番？」

「はい、あの、ひゃく、ひゃく……」

二人のパニックが頂点に達しようとした時、転がっていた男がその上体をむっくり起こした。そして寝ぼけた声を上げるのだった。

「あいたー、こげんところで眠ってしもうたばい……」

そしてぼんやり腕時計を見て不思議そうな顔をした。

「ありゃ、腕時計の壊れてしもうた、ずいぶん進んどる」

「……だ、大丈夫ですか？」

「救急車、呼ばなくて……いいですかね」

呼びかける二人に気付き、男は驚いて立ち上がった。そしてズボンのお尻や裾を払うのだが、胸から下がった身分証が盛んに揺れてその狼狽ぶりを表していた。

「あ、いや、すんません、ここで休んでおったらいつの間にかうとうとしてしもうて、驚かせてごめんなさい。あ、自分、決して怪しかもんじゃなかです」

男はぺこぺこ頭を下げ、それから申し訳なさそうに付け加えた。

「あのう、ところで今正確に何時でしょう。五分ばかりうとうとしとったうちに、腕時計の壊れてしもうて……」

「は、あ、はい、えっと……正確には、今二時五十一分です」

ゴータが手に持ったスマホに目をやり答えると、男は自分の腕時計をかざしてもう一度見直した。そしてその顔が不思議そうになった。

「あれっ、壊れとらん……えっ！」

呆けたように腕時計を見る顔が、みるみる絶望の表情へと変わっていった。

「ありゃあっ、間に合わん……わああ、どげんしよう！」

今度はその男がパニックになり頭を掻きむしった。

第三楽章　スケルツォ

Ⅰ　かっくんちゃん

かっくんは本名を君野克《きみのかつみ》という。大町町役場に勤務して総務課に所属する。だが同僚の誰もが彼のことを、本名、つまり「君野さん」とか「かつみさん」と呼ばず「かっくん」あるいは「かっくんちゃん」と呼ぶ。まあそれは子供の頃からなので半分あきらめてはいた。しかし、最近福祉課に入った若いやつまで、いきなり「かっくんさん」と呼んだ時、それはさすがにむっとした。まだ独身だけど自分はもう二十八になる。学校出たばかりのやつにそう呼ばれたくはない。

「すんません、僕、それが本名だと思うとったですけん……」

注意したらそう謝ってきた。こいつ馬鹿かと思ったがまあその場は収めてやった。

「人の名前はちゃんと覚えんといかんよ。社会人としてそれくらい常識ばい」

そう叱って終わりにしたのだが、あいつ言い訳しやがったと後から気付いた。職員はみな、首から職員証をぶら下げているじゃないか。馬鹿は自分の方だった。

小学生の頃「かっくんちゃん」と呼ばれるのは嫌ではなかったし、友達同士愛称で呼び合うのは普通のことだった。ところがある日のこと、そうやって友達と呼び合い遊んでいたら、通りがかりの高齢の女性が嬉しそうに近寄ってきたのだ。

「あんた、かっくんちゃんって言うとね!」

いきなり割り込まれてびっくりした。知らない老婆が歯の抜けた大口開けて笑いかけてくると、子供ながらその表情に野卑なものを感じた。それまでは決して嫌ではなく、むしろよくできたあだ名だと自慢したいくらいだったのに、その日からあだ名で呼ばれるたび、あの老婆の下品な笑いが浮かんでくる。「かっくん」はまだなんとか許せる。でも、「かっくんちゃん」には何かがありそうに思えた。

「かっくんちゃん」なる人物が現実にいることを中学の時知った。いや、正しくは「かっくんちゃんなる人物が過去に存在した」と言う方が正しくなる。この辺りでは有名な人物だったらしい。詳しく知ったのは、総合学習で武雄《たけお》にある大きな図書館に行った時だ。各自テーマを決め本で調べたことをレポートして発表するのだが、「郷土の文化」というコーナーで「かっくんちゃん」に関する本を発見し、それを手に取ってしまった。

本を開いてショックを受けた。異様な人物のモノクローム写真が載っていて、そのあまりの姿に言葉を失ったのだ。それは異形の姿の大男でしかも裸だった。相撲取りのような立派な体格でふんどし一つであることや、背中に大きな瘤を背負っているのがまず恐ろし気だった。ぼさぼさの髪と、もじゃもじゃの髭を伸ばし放題にした顔からは知性のかけらも感じられない。それにどうも視力がよくないらしく、定まらない目線で三味線のようなものを弾きながら気持ちよく歌っているらしいその写真は、見ているとあの時と同じ嫌悪感がわき起こってくるのだった。

「あんた、かっくんちゃんって言うとね!」

あの嫌悪感の正体はこれだったのか。あの時の老婆はこの男のことを念頭に自分のことをそう呼んだのだ、だから嫌な気分になったのだ。嫌だ、不潔だ、こんな化け物みたいな男と同じ名前で呼ばれていたのか。ひょっとしたらみんなは知っていてそう呼んでいたのかもしれない。そんな疑心すらわいてきた。それでもまずは落ち着いて本を読み始めたのだが、その内容は驚愕と嫌悪の連続でしかなかった。

かっくんちゃんはいわゆる旅芸人だった。ただ旅とはいっても、肥前や筑豊辺りを気ままに回る放浪の旅らしい。しかも真冬を除いて丸一年、ふんどし一丁で野宿しながら暮らしたのだそうだ。かっくんちゃんは1898年に生まれ、1952年に亡くなっている。だから今のテレビ芸人なんかと違うのは理解できる。でも理解できなかったのは芸人として受ける報酬だった。彼は箱三味線を弾きながら、気の向いた家の軒先で自作の歌を歌い、そこで恵んで出されるおにぎりを食べて命をつないだらしい。それが芸人として得る報酬のすべてだった。しかもその後、信じられない文章が続いていた。なんとそのおにぎりを道端や庭先の土に転がし、わざわざ泥や砂をつけて食べたとあった。

かっくんは泥のついたおにぎりを想像し、吐きそうなくらい気持ち悪くなった。そんなものを食べるなんて、信じがたいほど愚かじゃないかと読み続けた。だから五十代で亡くなったのが、農薬の撒かれた土に転がし知らずに食べたのが原因と知っても、気の毒だという同情よりこいつ馬鹿だという思いが先にわいた。こんなわけのわからない化け物が、どうして当時の人たちに愛されたのか、かっくんはまったくわからなかった。しかし考えてみたらこんな人間、自分と関係のないところで存在するなら面白いのかもしれない。妖怪にしろ、河童にしろ、あるいは宇宙人にしろ、自分と利害関係さえなければ存在してもわくわくするだろうと想像はつく。だが自分が妖怪と同じ名前で呼ばれるのは、それは嫌だ。自分が「かっくんちゃん」というあだ名で呼ばれることをかっくんは呪った。

しかし俺は馬鹿だった。思い返すたびそう思う。深く考えもせず本の中身を丸写しにしてレポートを提出してしまったのだ。未提出で叱られるのが嫌でそうしたのだが、次の朝、担任の先生はことのほかにこやかな顔で教室に現れた。

「今回のレポートの最優秀は、断トツで君野克くんだ」

しかも担任はレポートを片手に、教室のみんなに向かって読み始めたのだ。かっくんはその時、自分がどんなに愚かなことをしでかしたか思い知った。以来かっくんは、今までとはまったく別の意味を込めて「かっくんちゃん」と呼ばれる気がし始めた。


もう俺は、ふうけるしか生きる道のなか……。


中学生だったかっくんはそう決意した。かっくんはふうけもんを演じ「かっくんちゃん」になった。休み時間や掃除の時間、放課後など先生の目を盗んで「かっくんちゃん」のワンマンライブが開かれるのだ。清掃道具入れから箒を持ち出して三味線代わり、弾く真似をしながら適当な歌詞にメロディーをつけ自作の歌を歌った。クラスメートが群がり人気者になったように見えた。周りを囲み、手を叩いて喜ぶその聴衆の中に早希もいた。彼女だけは自分のことを、いつもきちんと「君野くん」と呼んでくれる唯一のクラスメートだ。そして幼稚園時代からの幼なじみで、かっくんにとって特別な存在だった。

「おい、かっくん、あればやってくんしゃい、あれ」

男子連中がはやし立てる。あれとは、武雄の図書館で知ったかっくんちゃんの卑猥な持ち歌のことだ。もちろんそんな歌詞はレポートに書けるわけがなく、いくつかのフレーズをうろ覚えにしたものを自分なりに手を加えたのだ。しかしこの歌は聴衆が男子限定の時に限る。それなのに何を勘違いしたか、女子たちも「聞きたい、歌って」と口にし始めた。しかも最後は「歌え、歌え」の連呼が続き、のせられたかっくんは愚かなことに、その卑猥な歌を女子たちの前でとうとう披露してしまった。

……確かに俺って、ガキの頃から大馬鹿だった……。

君野は総務課の机から目を上げ、天井に向かってため息をついた。十数年経つのに、女子たちが次々に引くさまをはっきり思い出せる。別に他の女子たちはどうでもよかった。だがあの早希まで軽蔑の目で俺を見た。「歌って、聞きたい」って言ったのはそっちだろって叫びたいのに、我慢しながら歌い続けるしかなかった。

やっぱり馬鹿は自分なのだ。その日を境に聴衆は激減し、しばらくしたら誰もふうけもんの歌なんか聞かなくなった。残ったのはふうけもんの抜け殻になった自分と、「かっくんちゃん」と自分を呼ぶ時の、周りのやつらの微妙な笑いだけだった。

ただ二十八になった今、俺はあの時の馬鹿のままでいるか、新しい俺になれるかの分岐点にいるとわかっている。あと五分もすれば町長室で『大町再興プロジェクト「大町最高！」計画』のプレゼンが始まるのだ。今日は絶対いい日にする。

このプレゼンを成功させ、あの時の馬鹿な自分から絶対抜け出してやる。そして早希を見返すのだ。これがうまくいったらあいつ、俺を見直すかな。……うん、そうしたらプロポーズしてやってもいいな……。

君野は腕時計を確認し、十時の三分前に秒針が進むのを確認して立ち上がった。町長室の前に立ち、やおら深呼吸をして静かにノックした。

「どうぞ」

中からくぐもった返事があり入ると窓を背にした町長が座っている。後ろから陽ざしを浴び、恰幅のいい体躯が黒い影にしか見えない。ただ白い歯がやけに目立つので笑っているのだとわかる。どうやら機嫌はよさそうで君野は少しほっとした。

町長の前に置かれた応接テーブルを挟んだソファーに副町長の井手がいた。彼は手招きで向かいに座れと促してくれた。井手はみんなから「副町長」ではなく、「助役さん」と呼ばれている。その昔ながらの呼び方がぴったりの、実直さや誠実さを持ち合わせる容貌を持つ縁の下の力持ちだった。君野は資料のコピーを「助役さん」に渡し、一礼して腰を下ろした。

助役さんはその一部を町長に渡しながらにこやかに訊ねた。

「じゃあ、町長、君野くんの作った再興プロジェクト案、始めてよかですか?」

黒い影がうなずき、「じゃあ、君野くん、始めようか」と井手助役が言った。

さあ、戦いのゴングが鳴った。

「計画には三つの柱があります。まず一つ目が『あそびのくにOK鉄道』、次に二つ目の『町営グラウンド月いちイベント会』で、三つめが『卑弥呼さまを探せ』です」

目が慣れたのか、黒い影でしかなかった町長が、資料をなめるように見ているのが見てとれた。


よおし、喰いついたぞ、みていろよ……。

「ほう、全体のタイトルは『大町再興プロジェクト「大町最高!」計画』って言うとね、ああ、助役さんの酒の席でよう言わす親父ギャグよりゃちょっとだけ上等たい。ばってん惜しかったね、その後に『さあ、行こう』ってつけたら完璧だったばい。『大町再興プロジェクト「大町最高！」計画、さあ行こう！』……どげんね？」

「……はあ、検討してみます」

君野は出鼻をくじかれた。町長はやった感丸出しの上機嫌で資料をめくり、矢継ぎ早に質問を繰り出した。

「ふーん、最初のOK鉄道ってなんね、OK牧場なら聞いたこつあるばい」

「そいからかっくん、二つ目の町営グラウンドはわかるばってん、三つ目の卑弥呼さまって、うちの町とは関係なかとじゃなか？」

「はい、では最初から一つひとつ説明させていただきます」

君野は気を取り直し、説明を再開した。

「まずOK鉄道ですが、わが大町と隣の江北町《こうほく》を結んでミニSL鉄道を走らせます。それぞれの町の頭文字からOK鉄道と名付けました。わたしの生まれる前ですが、ご存じのようにわが町も江北町も炭鉱で栄えておりました。かつてはそれぞれの町が坑道入り口と選炭場を受け持ち、石炭や働く坑夫さんを運ぶトロッコで結ばれておりました。場所は皆さんの方がよくご存じと思いますが、今のJRと違って山側の線路跡です」

「ああ、そのトロッコなら俺たちの方がよう知っとる。子供の頃乗ったこともあるよ。井手さん、あんたも同じ世代やけん知っとろう？」

「はい町長、よく覚えております。確かに乗りました。もう四十年、いやもっとでしたか、炭鉱が閉山する時そのトロッコ陣車が一般の人たちに開放されました」

「そうそう、思い出した。ジンシャって言いよった。料金も十円玉一個くらいだったかね。久しゅう聞かんかったジンシャって言葉、ああ懐かしか……」

「しかしかっくん、あそこは今町民たちの遊歩道になっとるとは知っとるやろ、そこにどげんして鉄道ば敷くとね？」

「はい、お金は多少かかるかもしれませんが、もともとトロッコが走っていた場所ですけん、新しく切り開くより費用は遥かに安く、地盤もしっかりしております。それからミニＳＬですけん幅も小さく、遊歩道との併用も可能です。また正規の鉄道なら赤字必至ですが、これは輸送目的ではなくあそびのくにですから利益も生み出すのです」

「なに、儲かるってか！」

ふんぞり返っていた町長が、初めて身を乗り出してきた。

「はい、人とお金が集まります。全国に鉄道ファンがどれくらいいるかご存じでしょうか、一説には百万を遥かに超えるとも言われております。撮り鉄、乗り鉄、最近では呑み鉄、それからもちろん模型鉄道ファン、それらの人々を呼び込む鉄道アミューズメントを造るのです。だから鉄道あそびのくになのです。考えてみてください、ミニＳＬに引っ張られた客車が、子供や大人をまたぐように乗せて見晴らしのよか線路を数キロ走るとです。小さか公園で二、三十メートルぽっちをくるくる回るのとは次元が違います。きっと話題を呼んでファミリーレジャー層にも受けるでしょう。途中に小さな駅を作って、お土産屋さんや名品店など置くことも考えられます」

「うーん、勝負をかけるっちゅうわけか」

町長は額に手を当て考え込んでいる。君野はもっと喰いついてくると思っただけに、その様子は少し意外だった。

「まあ、設備投資と収益のバランスを精査する必要がありそうですね」

井手助役が町長の不安を明確な言葉にして付け加えた。

「助役さんの言わしたとおりたい。失敗したら財政は一発で破綻ばい。北海道にも遊園地で破綻した自治体の例があるけんね。町が消えてのうなるリスクも考えんと……」

「でも、でも町長、このままだとこの町ってジリ貧なんでしょ、周りの町や村と寄せ集めのごと合併させられて、市に格上げされたはよかけど、わけのわからん名前の市にさせられ、結局、行政が隅々まで行き届かんごとなった例はいっぱい見てきましたよね。この辺り一帯がそうなるのは嫌ですよね。そうならないための『再興計画』じゃないですか。もう小手先だけでは意味がなかとじゃないですか!」

「うん、まあいい。二つ目、説明してくれんね」

町長は少し嫌な顔をしたようだった。君野は焦り始めた自分に声をかけた。

いかん、落ち着け。さ、次だ、次こそクールに話そうぜ。


「……では二つ目に入ります。町営グラウンドの活用です。今あそこは地域の草野球と少年野球への貸し出しくらいで、大きなイベントといったら八月の盆踊り大会くらいです。町にあれだけのグラウンドがあるのに、利用がそれだけでは宝の持ち腐れだと思います。で、ここを使って毎月定例のイベントを行うのです。そしてその中身の企画や運営は青年会に任せるのです」

ここまで述べた君野は、町長たちが資料を見るための間を置いた。

「あら、イベントの中身はなんも書かれておらんね。青年会が計画立案ってまるで丸投げみたいに聞こえるばい、……かっくんの案はなかと?」

実はその質問を待っていた。

「はい町長、もちろんございます。場所が広かですけん、巨大凧揚げ大会とか郷土のうまいもの市などいくつか腹案はあります。しかしこの『町営グラウンド毎月イベント大会』にはイベントそのものの成功とか収益を超えてもう一つの大事な目的があります」

「……ん、その目的とは？」

それまでほとんど口数がなく、資料に目を落としていた井手助役さんが、顔を上げて君野を見た。

「はい、一言で言うと青年会の活性化です。若者の生きがい作りです」

「ふーん、年寄りじゃのうて若者の生きがいってか？」

町長はいぶかしげに首をひねり、助役は静かに話の続きを待った。

「ええ、この土地で生まれ育った若者たちが、東京や関西の大都会を求めて次々離れていく現実を考えてみてください」

君野は、話を聞こうとする助役の顔が早希の顔と重なり始めた。同じ職場にいながら普段は意識しないことだったが、話しながら早希は目元が父親似なのだと気付いた。そういえば自分のことを、名前できちんと呼ぶ人がもう一人いた。それは井手早希の父親である井手助役だったと、これも今さらのように気付くのだった。

「この問題はこの地域に雇用が少なく、若年層が都会に職を求めざるを得ないことが原因の一つではありますが、そればかりではなく地域に夢とか希望、喜びなんかが少ないこともあるとじゃなかでしょうか。僕もこの土地で生まれ二十八年育ってきましたが、その、閉塞感っちゅうんですか、やりきれん思いに時々なるとです」

井出早希の父は資料をテーブルに置き、じっと君野を見つめている。

「僕が言いたかったことは、町の再興には若者の前向きさが不可欠だということです。そのためには、今度はなんばしたら面白いやろって、みんなで知恵を絞り合うわくわく感が大事だと思うとです。それさえあれば、たとえ一度や二度イベントに失敗しても町の活気は失われんと思うのです。だからこちらで、ああしなさいこうしなさいってレールを敷くより、青年会自体でわいわい考えることが重要なのです。僕も若い人間の一人として強くそう思います。若者のエネルギーを育てることこそ、未来の人間を育てることこそ、町の再興に向けて一番必要なことじゃないでしょうか！」

君野は最後に熱く決めて町長を見た。ちょうど鼻毛を抜こうとしていたのか、町長は慌てて鼻をこすってすまし顔になった。


いかん、やっぱりクールに話せなかった、失敗したか……。

落ち込みかけた君野だったが、じっと耳を傾けていた井手助役が、何か思い付いたように町長の方を振り向いた。

「町長、こんな時になんですが、昨日福岡からあったあの電話の件、君野くんに話してもいいでしょうか。できたらこの後彼に手伝ってもらいたいのですが」

「ああよかよ。その件は助役さん、あんたにじぇんぶ任せておるけん、あんたが思うたごとしたらよか」

「ありがとうございます、町長。……実は君野くん、話の途中なのに腰を折るようで悪いけど、町営グラウンドと関係あることだからちょっと聞いてくれ。この件は先方からまだ内密にと言われておるので、まだここだけの話にしてほしいのだけど、実は昨日、福岡パイレーツから町営グラウンドを見せてほしいと依頼があってね」

「えっ、福岡パイレーツって、あの、あのプロ野球のですか？」

「そう、そのパイレーツ。電話では数年前に二軍のフランチャイズ球場を造ったが、来年辺り三軍や四軍も準フライチャンズとして球場を造りたいらしくてね、その候補地としてわが町営グラウンドに白羽の矢が立ったというわけなんだよ。それで今日の午後、特急みどりで視察の人がお見えになるのだけど、君野くんに肥前山口まで迎えに行ってもらおうとこの話をしているんだよ。来る人は球団の職員さんで内浦さんという元野球選手、覚えている？十五年前、甲子園で大活躍した人なんだけど」

「内浦……ああ、甲子園でホームラン連発したあの内浦選手ですか。覚えています、僕が中学の時です。高校生とは思えん立派な体格の選手でした」

「そうそう、鹿児島の野球名門、錦江学園の内浦太志選手たい。中西太二世って騒がれたばってん、鳴り物入りで入団した後はずっと鳴かず飛ばずだったねえ」

町長も懐かしそうに口を挟んだ。

「そんな有名な選手だった人がわが町に幸運を運んできてくれるとばい。かっくん、助役さんのご指名やけん、がんばらんばいけんよ」

「はい、頑張ります。けど、びっくりしました。たとえ三軍とはいえあの町営グラウンドでプロの選手が野球ですか……」

「いや君野くん、実は大昔、あの町営グラウンドで一軍の試合もあったんだよ」

「えっ、一軍ですか！プロの一軍が試合を？」

「うん、驚くよね。昭和二十九年というから、私が生まれる五年前になるのかな、親世代からよくその話を聞かされた。町長さんは赤ん坊の頃になりますか？」

「うんにゃ、ちょうど生まれた年たい。私もお袋が見に行ったって聞いとる。ちょうど腹の中におったけん、私もそこから見とった気がするとばい」

町長はそう言ってひとしきり笑い飛ばし、話を引き継いだ。

「今助役さんが言わした通り、炭鉱が盛隆を極めた時代に石炭会社が西鉄ライオンズの公式戦を呼んだとばい。当時は会社も町も金の潤っておったとねえ……」

町長はうらやましそうに遠くをみつめる目で話した。

「あの、えっと、西鉄ライオンズって、今の西武ライオンズですか？」

「そう、ずっと昔、ライオンズは西鉄、つまり西日本鉄道が親会社で本拠地は福岡だったとよ。入団したての鉄腕稲尾がいきなりエースになってね、神さま仏さま稲尾さまたい。バッターも中西太をはじめ、豊田、大下といったそうそうたるメンバーがおって、日本シリーズで巨人相手に三連覇したとよ。ああ、そうそう、イチローの恩師、あの仰木さんもよか味の二塁手だった。ばってん、盛者必衰っていうやろ、時代の移り変わりは何にでもあるたいね。名選手が次々引退した後、野球賭博の事件を境に親会社がくるくる変わるほど落ちぶれてね。最後は西武鉄道に身売りしてライオンズは関東のチームになった。ま、金持ちの西武をバックにしたら、また見違えるほど強うなった……」

町長はひとしきり話すと言葉を切り、ため息をついたが目がきらっとした。

「ばってん、盛者に復活するチャンスがこの町にも来たとばい。しばらく前に福岡に移転してきたパイレーツのオーナーは、知っての通りIT企業の世界的大金持ちだけんね、このチャンスを逃しとうなか。それで井手さんと私だけで計画を練り始めたばかりだが、かっくん、助役さんのご指名ばい。手足になってしっかり動いてくれ」

なるほどそういうことかと納得した。やけに町長が上機嫌だったわけだ。でも嬉しかったのは、井手助役がそんな大切な仕事の手伝いに自分を指名してくれたことだった。

「はい、頑張ります。助役さん、よろしくお願いします」

「うん、よろしく、頑張ろうな。じゃあその件はこの後打ち合わせしよう。話の腰を折ってごめんね。さ、三つ目を聞こうか」

君野は慌てて資料を開いた。思わぬ展開に大事なプレゼンを忘れそうだった。


「では三つ目の『卑弥呼さまを探せ』です。最初に町長がおっしゃったように、わが町と卑弥呼はなんの関係もありません。県内の吉野ケ里もまだ謎のままですよね。ただ、わが町にも古墳や塚などありますので、その時代をイメージさせるものがないわけではありません。ですからわが町固有の『卑弥呼』を作るのです。いや、名前は卑弥呼じゃなく架空の姫君でもいいでしょう。とりあえず古代の姫君を作り週末にいろんなところに出没させます。それを探しだすゲームをやり、探し当てた人に景品をプレゼントします」

「ふーん、言うたら『卑弥呼ＧＯ』とか、そういったものかね?」

町長がまた口を挟んできた。

「えっ、……ええ、まあそれに近いかもしれません。でもバーチャルなものではなく、本物の人間に卑弥呼さまを演じてもらいます」

「そうか、ま、バーチャンはいらんやろばってん、誰が卑弥呼を演じる？ この役場に人材はおらんやろ、お姫様役やれそうな女子職員なんか」

「あ、はい、できたらその、初代の卑弥呼さまは、えと、『JAさが五人組娘隊』の中から誰か、例えば助役さんの娘さんの、さ、早希さんにお願いできればいいかなと……」

とうとうその人の名を口にした。思い切ってもう一つの勝負に出たのだ。実はこの数日、これをプレゼンで言おうか言うまいかずっと悩んでいたのだ。向かいに座る助役は表情一つ変えず、資料に目を落としている。

昨年、県の農協ではキャンペンガールの結成を企画し、県内で応募を呼びかけた。当初「JAさが48」と名付けて売り出す計画が思うように人材が集まらず、名称が「JAさが24」になり、やがて「JAさが12」にしたがやっぱりだめで、やっと「JAさが五人組」としてスタートが切れたのだ。五色のコスチュームで踊る彼女らを見て、「ありゃあ、どっちかと言うと女ゴレンジャーばい」と陰口を叩く者も中にはいたが、なかなかどうして個性的なメンバー構成になっている。地元テレビ局の出演や駅の道などへの出没で人気ユニットとなり、その中で一番年長の井手早希も選ばれていたのだ。

「ま、この計画はしばらく温めさせてくれ、ちょっと検討したい部分もあるし」

やはり町長は表情を変えずそう言い、それから質疑応答がいくつかあり、しばらくしてプレゼンは終了した。手応えがあったのかなかったのか、複雑な思いで書類を片付け始めた君野の耳に、町長たちの会話が嫌でも入ってくる。

「井手さん、お嬢さんたちが役場に見えるとは何時だっけ?」

「はい、午後一時にお伺いすると早希が言っておりました。今週は県内の役場とＪＡ施設への挨拶回りだそうです。町長、その節はよろしくお願いします」

「うん、そんときゃお父さんも一緒にここにおったらよか」

「いやいや、それは勘弁してください」

井手助役は父親の顔になって笑っていた。早希のことが話題に上ったので胸が騒ぐ君野は、なんとかこの場にとどまる算段を考えてみた。しかし立ち上がるより方法が見つからない。聞かないふりでゆっくりドアに歩きかけた時、井手助役が声をかけてきた。

「君野くん、じゃあお昼の後さっきの件で相談しよう。球団の方は、とりあえず今日は挨拶だけで夕方接待した後武雄のホテルにお泊まりいただく。グラウンドの調査は明日からだ。送り迎えやそのほかよろしく頼むよ」

「はい、わかりました。頑張ります。ではお昼過ぎに。失礼します」

一礼してドアを出る時、井手助役にかける町長の言葉の断片が耳に入った。

「……ほら、娘さんにはさっきの卑弥呼でお願いもせんばならんし……」

静かにドアを閉め終え、「わお！」と心の中で叫んだ。町長は自分の再興計画に乗り気なんだと有頂天になった。そのうえ助役から大切な仕事も仰せつかった。そうだ、午後は久しぶりに早希と会えるかもしれない。いや、それどころかこの計画が本決まりになって、卑弥呼役をお願いすることになれば早希ともいろいろかかわれるわけだ。

よし、今日はなんて物事がうまく進む日だ。

君野は小さくガッツポーズして、足取り軽く総務課の自席に戻った。

II　トキツカ

五人の女の子が待つ役場の玄関に、君野がワゴン車を回したのは午後一時半だった。三列シート七人乗りのワゴンで、大切なお客様を駅までお迎えに行く。その行きがけの駄賃に「JAさが五人娘隊」を途中の農協まで送るのだ。これは機嫌のよかった町長の、「ちょうどうちの職員が車ば出すけん、農協まで送ってもらえばよか」という口添えがあって実現した。君野は今日起きることのすべてがうまくいくと感じた。

スライドドアを開けて待っていると、玄関先でにぎやかに騒ぐ女子の輪から井手早希が親し気に近寄ってきた。

「君野くん、お久しぶり。私、隣に座ってもよか?」

「あ、お、お久しぶりです。もちろんこっち、こっち座って。さあ、どうぞ」

君野は舞い上がりそうになりながら助手席のドアを開けた。どうやってここに早希を座らせようか思案していた君野にとって、それは願ってもない申し出だった。さっきから恐ろしいくらい願いが実現する。若い娘たちが乗り込むと、いつもはかび臭いワゴン車が華やかな匂いに満たされた。それだけでも胸が高まるのに、隣にはひそかな想い人が座るのだ。ただ残念なのは十分も経たず農協に着いてしまう。君野はできるだけゆっくりアクセルを踏み込んでスタートさせた。

「さっき父から聞いたけど、君野くん、大町の再興計画の責任者だってね。なんか同級生として誇らしかよ」

かっと顔のほてりを感じたが、平気な顔を作って運転に没頭するふりをした。

「う、うんにゃ、そうでもなかよ。まだまだたい。さ、早希さんこそすごかよ、テレビにも出とるし。毎週楽しみにしとるよ」

「わあ、ありがとう。でもまあJA提供の地元限定だけどね。……ねえ、さっきの続きだけど、計画の一つで私を使ってくれるってほんとう? 君野くんが推薦してくれたって父が喜んでいたけど」

「えっ、そうね。お父さん、そげん喜んでおらしたと? いや、ど、同級生として早希さんに助けてもらったらありがたかって思うただけたい」

「いや、こっちこそ嬉しかったよ。ありがとう君野くん」

君野は嬉しくなって、控えめだったアクセルをいつものように踏み込んだ。車は国道に入り快調にエンジンをうならせた。今日はなんていい日なのだろう。

「えーっ、運転手さん、早希さんと同級生ですか！」

今年高校を卒業したばかりの、メンバーで一番若い亜美が後ろから素っ頓狂な声を上げた。確かに君野はずいぶん前から三十過ぎに見られるおっさん面だし、いっぽう早希は女子大生でも通用しそうな器量だ。同級生と聞いて驚くのも無理はない。

「こら失礼よ、亜美。こちらの君野さんはうちの同級生たい。亜美もこれから仕事でお世話になるけん、言葉は慎みなさい」

早希は年上らしくたしなめ、亜美は「はーい」と肩をすくめた。

「亜美ちゃん、ほら久しぶりに会うておらすけん、邪魔したらいかんやろ」

これも県立女子大三年の詩織がとりなした。後ろで四人だけのおしゃべりが始まった。

「早希さん、この中ではまるで先生やね」

君野はハンドルを握って微笑んだ。

「そう、ネットではお局さまとか女ボスって書かれとる。もうすぐ三十路だけんね。いつまでもアイドル稼業とかしておれん年齢よね、私……」

早希がそう言った時、自分をちらと見たような気がして思わず呟き込んだ。

「な、なんば言いよると、早希さんはいつまでも若々しゅうて、き、きれいかよ」

せっかく余裕を持ちかけていた君野は、またハンドルを握って固まった。

「ねえ、君野くんの再興計画で、もし私が卑弥呼役やるとしたらさ、舞台は中学校横にある、あの古墳跡から始めたらどう？」

「中学校の？……ああ、あの古墳跡ね」

「うん、あそこ縁結びのご利益があるって知っていた？　私たち女子の間ではずいぶん話題になったけど。あそこで知り合って結婚までこぎつけた卒業生のカップルがいっぱいおるって。君野くん、それって聞いたことない？」

君野にその記憶はなかった。自分がただうかつだっただけかもしれないが、中学の時って女子はまぶしいくらい大人びて、男子はあまりに幼稚だった気がする。だからそんな自分が疎かっただけかもしれない。

「うーん、どうだったやろ、あんまり覚えておらん。けど、あの古墳跡、別名『トキツカ』って言うって、行くと不思議なことといっぱい体験するけん、あまり近寄らん方がよかって、昔、ばあちゃんから聞いた覚えがある」

「ふーん、じゃあ縁結びの話は女子の間だけだったのかなあ……。そういえばいつだったたか、身元不明のおじいさんが倒れておらしたってニュースのあったね」

「へえ、あの古墳でそんなことあったとね。で、そのおじいさん亡くなられたと?」

「いや、どこかの施設で預からしたって佐賀日報に載っていた。ウオーキングシューズを履いておらしたけん地元の人だろうって、でも身元はわからんままらしいよ」

「そりゃ気の毒に。……いろいろと不思議なことのある場所みたいやね」

「うん、……ねえ君野くん、あの場所を縁結びで売り出したらどうやろ。人が集まって町のためにもよかことじゃなか? そのうち一緒に見に行ってみない? あ、そうだ、よかったらここに連絡して。はいこれ、私用に使っている名刺ね」

早希の出した薄い緑色の名刺は、角が可愛らしく丸まっていた。ユニット名と早希という名前の横に、プライベートの携帯番号とメールアドレスが書き加えられていた。

「う、うん、ありがとう。よか話ば聞いた。うん、ぜひ行こう、ち、近いうちね」

君野は心臓を吐き出すかと思うほど興奮し、上ずった声で応えた。渡された名刺を持つ指先が震え、やっと胸ポケットに収めることができた。

「ああ中学校時代か、懐かしいなあ。つい昨日のことみたいだけど、卒業して十三年も経つのね。君野くん、担任の遠村先生のこと覚えている?」

話し出した早希の横顔が、中学の時そのままに思えてきた。

「うん、もちろん覚えとるさ。理科の先生で、男先生の中では優しか方やったけど、怒るとがばい恐ろしか時もあったね」

「そうね、だめなことはきちんと叱ってくれたしね。授業も実験をたくさんしてくれて私大好きだった。ねえ、君野くん、『かっくんちゃんは未来の人間かもしれない説』の授業のこと、覚えている?」

思わぬところで「かっくんちゃん」が話題に出て、ハンドルを持つ手が思わずこわばった。あの時の、遠ざかる早希の軽蔑したような視線が脳裏を走り出す。

「さ、どうやろ、よう思い出さん……」

「ほら、君野くんさ、中一の時、かっくんちゃんのこと発表したやろ、忘れた?」

「あ、いや、あれは別に俺が発表したわけじゃなか。先生にレポートば勝手に読まれてしもうただけたい」

「ああ、そうやったかね。でも私感心したとよ、『かっくんちゃん』って人の存在に。今でも時々考える。というか、近頃はしょっちゅうかもしれない」

「感心って、どんなことに?」

「うーん、いっぱいあるけど、まずおにぎりの話ね」

「ああ、歌った後、恵んでもろたおにぎりを、わざわざ道に転がしてから喰いよらしたっていうあれね」

「うん、発表を聞いた最初は、世の中には気持ちの悪か人のおらすねって思った」

「だけん、俺の発表じゃなかって、先生に勝手に読まれたとって」

苦笑して訂正する君野だったが、早希はもう夢中になり始めた。

「そいでね、遠村先生が次の理科で話してくれた『かっくんちゃんは未来の人間かもしれない説』を聞いて感動したとよ。ほんとうに覚えておらんの、あの授業……」

早希のつぶらな瞳が覗き込んでくる。そういえばあの日、そんな授業があったかもしれない。でも朝からみんなの前でレポートを読まれ、がっくりしていた自分はそれどころではなかったのだ。たぶんその時、「もうその話題はやめてくれ」といった気分で心の耳を塞いでしまったのだろう。

「うん、よう覚えとらん。どげんこと言わしたと？ 遠村先生は」

「えっとね、あの時の先生みたいに上手に話せんけど、かいつまんで言うとね、食物連鎖の中で人間は頂点に立っておるけど、『かっくんちゃん』はそれとは違う、土の中から直接栄養を取り入れる、進化した人間かもしれんぞって話だった」

「食物、連鎖……」

「ほら、植物は土から栄養を取り入れて生長し、その植物を草食動物が食べ、それを肉食動物が食べる。動物たちの糞や死骸を虫やバクテリアが食べて、それを栄養価の高い土に還していく。その栄養をまた土から植物が取り入れる。そうやって自然が循環し、生き物が命をつなぐのが食物連鎖」

「ああそれ知っとる。じゃあ、『かっくんちゃん』はその食物連鎖から外れとると?」

「うん、全部そうじゃないかもしれないけど、かっくんちゃんは栄養の一部を、土から直接取り入れていたとやなかろうかって遠村先生の言いよらした。哺乳類でも普通におるらしいよ、土なめてミネラル摂る生き物が」

「ふーん、でもそれって進化やろか。植物に戻るみたいで退化じゃなかと?」

「うん、そこが話の少し難しかとこたいね。えっとね、進化って生物が激変する環境に適応しながら、身体の機能を変化させて生き延びることだって。だから体の一部や機能を切り捨てる退化に見える変化も、実は進化だったりするって。生き物にとって進化って、偉くなったり高度になったりすることに限らんって言いよらした。これは大事なことだからしっかり覚えとけ、ばってん入試には絶対出んけどなって。いつものごと遠村先生が熱入れて話さしたとよ、ほんとうに覚えておらんの?」

「ああ、その言い方ならよう覚えとる。あの先生、一番覚えてほしかところはその決めぜりふ、必ず言うたよな」

「そうそう、そしてそんな話だけは忘れんよね。確かに入試には出ないけど、後でふっと思い出してさ、ああ結構深くて大事な教えだったなって気付くのよね」

「うん、そうか……もし地球に大規模な食糧難がきたら、最後まで生き延びるのはかっくんちゃんみたいな人間だろうね。だから未来の人間か……」

「そう、そうなの、先生も言いよらした。人間と言わず生き物は、どんな環境の変化が来ても生き延びられるよう、いろんなタイプを用意するって。それがえーっと、種の多様性って言うって。そしてほんとうに優秀な生き物は、その多様性をちゃんと持ちながら生きておるって。だから人間同士も、いろんな多様性を互いに認めて生きていかんと、すぐに滅びてしまうとぞって」

早希の語る、かつての担任の話に救われた思いが込み上げてきた。


そうか、かっくんちゃんは決して化け物なんかじゃなかったんだ……。


十五年続いたこわばりが身体からすうっと抜けていく気がした。その時ハンドルの向こうに農協の建物が見えてきた。

「それにね、私こんなアイドルみたいな仕事しているでしょ、だからなのかな、旅芸人だったかっくんちゃんの気持ち、近頃ようわかるごとなったとよ」

「かっくんちゃんの気持ち？」

「そう、かっくんちゃんの気持ち。ねえ君野くん、かっくんちゃんって知的障害を持っておらしたって知っていた？」

「ああ、図書館の本にそう書いてあった」

「そう、それでね、そんな障害とかあったら、思ったこととか気持ちを人にきちんと伝えきれんやろ。だけん周りから誤解や差別受けたりして、寂しかったって思うんよ。そいでも歌っておらした時は、その寂しさは消えていたんだなって思う。私、仕事で歌ったり踊ったりするでしょ、その時楽しかごと一緒に手拍子してくれる人が、たった一人でもおらしたらもう寂しゅうはなかごとなる。ああ私は幸せもんって嬉しくなる。かっくんちゃんも、たぶんそんな気持ちで歌っておらしたと思うの」

君野の脳裏に、箒を抱えて歌う真似ごとをする中学時代の自分と、かっくんちゃんの箱三味線を抱える本で見た姿が重なった。そして毎週食い入るように見つめる、テレビの中で歌う早希の姿も合わせて重なった……。

車は農協に到着した。車を降りた君野は無言のまま反対側に回り、スライドドアを開けてやった。四人の女子たちがにぎやかな挨拶を口々に降りてきた。早希だけは助手席にじっと座ったままでいる。

「もう着いたとね、もっと話したいことのいっぱいあったとやけど……」

ドアを開けてやると、早希は名残惜しそうにシートベルトを外した。そして降り立つと君野の目をまっすぐに見た。

「ごめんね、君野くん」

「うんにゃ、気にせんでよか。どうせ駅に行くついでやけん」

「ううん、違う。ごめんね、あの時……」

「えっ、……?」

「何が?」と聞こうとしたが君野はその言葉をのみ込んだ。しばらく二人は見つめ合い、そして君野はゆっくり首を左右に振った。

「近いうち、もらったアドレスにメールしてもよか?」

君野はもらった名刺をポケットからつまんで少し覗かせた。

「うん、もちろん。待っている、きっとよ……じゃあ」

そう言い残し、くるっと振り向き四人の待つ方に小走りで去った。

五人は農協の玄関先に並んで出て行く車を見送った。四人はこぼれるような笑顔をのせた首を同じ方角にかしげ、掌を胸元でひらひらさせながら送ってくれた。早希だけは何か真剣なまなざしを送り、手を小さく振ってくれた。君野はクラクションを軽く鳴らして応え、ハンドルをさばいた。
助手席には早希の置いていった残り香があった。ほんとうに怖いくらい物事がうまく運ぶ、今日はなんてすごい日だ。君野は駅に向かいながら高揚を抑えきれずにいた。

よし、絶対早希をあの古墳に誘うぞ。確かに縁結びで売り出せば町は話題を呼ぶだろう。もちろん俺と早希との縁結びにもする。あそこが俺たちの出発点だ。

ふとその時、君野は自分が今あの古墳の近くを走っていることに気付いた。時計を見たら時間はまだ十分にある。古墳から駅まで車なら五、六分もあればすぐだ。そう思うとなんだか立ち寄ってみたくなり、ハンドルを切った。
旧道から入るあぜ道近くに車を停めて時計を見たらまだ二時にもなっていなかった。こんもりとした古墳跡に向かう時、乾いた空気が頰をなでて心地よかった。少し汗ばみそうな午後の陽ざしだったが、繁みに入るとひんやりした。旧道からたった十数メートルの距離なのに、なにか別の世界のように感じた。石積の傍まで来て、早希のことをまた思った。「ごめんね」と言った時、そして見送ってくれた時のまなざしを思い出す。

そうだ、待ってる、きっとよって言ってくれた。俺のことをただ一人君野くんって呼んでくれる大切な人。早希になら「かっくんちゃん」って呼ばれても平気だ。いや、むしろそう呼んでほしい。他のやつにはもう呼ばせない。早希だけがかっくんちゃんのことをきちんと理解している。そう呼んでいいのは早希だけだ。

君野は幸せ過ぎる興奮を鎮めたくてその場に腰を下ろした。地面に近い位置から見上げると、みどりのドームに包まれた気分でほっと息を吐く。梢からちらちらと差し込む陽ざしをずっと見ていたくなる。なんだかそうしたくて地べたにごろんと寝転んでみた。背中がひんやり心地よく、小さく伸びをするとまぶたがそのまま閉じてしまった。この数日、資料作りの夜なべが続いたせいかついうとうとし始めていた。

いつの間にか傍らに誰かがいる。それはふんどし一つの大男で、もじゃもじゃ頭が苦しそうにもがき転げまわっている。

くそ、腹のちぎれるごと痛か。あの湿った土、あれば握り飯につけて喰うたけんやろか……。ああ苦しか。死ぬごと苦しか。あれは穢れとる悪魔の土ばい。オイが握り飯に土つけて喰いよったらみんな笑ろうたやろ。道端には犬でん馬でん糞しよるけんよっそわしかって。ばってんよっそわしかとはどっちね。あんたたちはこれから、あの穢れたもんを土にこね入れてコメば育てるとやろ。あんたたちはオイのこと頭の足りんって笑うたばってん、足りんとはどっちやろか。……アメリカの人はなしてあげなもんを作らしたとやろ。今までのやり方はいかんとかね。日本のコメの作り方は間違うとったと?……ああ、戦争なんか始めたけんたい。なんでもアメリカの言わすごと、せんといかんごとなってしもうた。……そうか、これは復讐ばい。アメリカ人の復讐ばい。ピカドンだけでは足らんって言うて、あれでコメ作らせて日本人ば皆殺しにする気ばい。きっとそうたい。ああ、苦しか。オイはもう死ぬ……ばってんなしてオイが復讐されると?……オイは誰にも悪かこと、なんもしとらん……。

遠くで呼びかける女の声がする。

えっ、早希だろうか、早希が来てくれた?……いや、違う、誰の声だろう。……あ、いかん、こんなところで寝とったら遅刻してしまう。

君野は上体を起こして腕時計を見た。

あれ、時計が壊れとる。ほんの数分しか経っとらんのに一時間以上進んどる。

ふと見上げると、心配そうに自分を覗き込む見知らぬ女性が二人いた。そうするとさっきの声はこの人たちなのだろう。背の高い二十歳くらいと小柄な十四、五くらいの姉妹だろうか、この辺りでは見かけぬ顔だ。こんなところに寝転んでいたら確かに驚くし心配するだろう。君野はズボンを払いながらばつが悪そうに立ち上がった。

「あ、いや、すんません、ここで休んでおったらちょっとうとうとしてしもうて、驚かせてごめんなさい。あ、自分怪しかもんじゃ決してなかです」

君野はぺこぺこ頭を下げ、それから申し訳なさそうに付け加えた。

「あのう、ところで今正確に何時でしょう。五分ばかり居眠りしとったうちに、腕時計の壊れてしもうて……」

「は、はい、あ、えっと……正確に言うと、今二時五十一分です」

背の高い方の女性が、手に持ったスマホに目をやりそう答えた。君野は自分の腕時計をかざしてもう一度見直した。

「あれっ、壊れとらん、ちゃんと動いとる……えっ!……」

君野は全身から血の気が引くのを感じた。目の前が真っ白になり、いろんなものがガラガラと音を立てて崩れていく。町の再興計画、それに町がつかみかけている球団の投資話、それから助役さんから受けた信頼、そしてなにより、今手が届こうとしている早希との未来。それらのものが一緒くたになって目の前から消えていこうとするのだ。

「ありゃあっ、間に合わん……わああ、どげんしよう!……」

ああ、今日は最悪な日だったのだ。

Ⅲ　地を這うホームラン

グラウンドでは少年たちが元気な声を上げノックを受けていた。そんな地元の少年チームらしい練習を横目に、内浦は誰もいない内野席のあちらこちらをまめに動いた。古い野球場をさまざまな角度から写真に収めようとしているのだ。内野席はなだらかな山の傾斜を削り、フィールドを囲むように造成されている。内野席とは言っても、そのゆるやかな土手の斜面にコンクリの土台が打たれ、等間隔に板を渡しただけの座席が並ぶのである。あらかた撮り終えた内浦は、あまり朽ちてはいなさそうな板を選んで腰を下ろした。

「古いけど悪くない球場だな、まあ観客を入れるのが目的なわけじゃないし」

外野の芝生は伸び放題で、フェンス際などちょっとした草むらだ。でもそれは草刈り機がすぐに解決する。気になるのはフィールドと内野席を仕切るフェンスの一部が壊れ、そこから土手の土が崩れ落ちていることぐらいだろうか。

「でもまあ、そんな大がかりの工事は必要ないな。新たに球場を造るのに比べれば、微々たる費用で済む」

広さもまずまずだった。両翼は三百フィートを間違いなく超えていそうだし、センターも四百はありそうだ。ここは戦後しばらくの頃、プロ野球も使ったという記録もあるらしい。だが現代野球はボールの質、バッティング技術、アスリートの体力など向上しているから、三軍の選手とはいえ両翼が少し狭そうだ。しかしその両翼の後方に多少のスペースはある。工事をすればあと二十フィートくらい広げられそうだ。

「あとは道路側の防球フェンスを、もう五、六メートル高くすれば安心かな」

フェンスの向こうに民家が数軒点在している。パワーだけなら無双の怪力若手の顔が何人か浮かんでくる。一番怖いのは人身事故だからそこは注意が必要だった。

内浦はメモを取り終え、ポケットにしまうとぼんやり少年野球を眺め始めた。小学校の高学年くらいだろうか、各ポジションに二、三人ずつ内外野に散らばっている。大人の指導者は二人いて、そのうちの若い一人がノックを正確に繰り出していた。もう一人は老人で、ベンチの前で初心者らしい一人を相手にしている。その風景をぼんやり目で追いながら、さてこれからどうしたものかと内浦は思案し始めた。

本来は役場に出向いて挨拶するのが先だった。しかしどうしたことか、約束したはずの出迎えが駅にいなかったのだ。三十分ほど待っていたら運よくタクシーが現れ、それで思わず手を上げてしまった。何かの手違いがあったのかもしれないが、人との交渉や話し合いが苦手な内浦にとって、それはある意味ほっとしたのも事実である。気付いたら運転手に、野球場へ向かうよう行き先を告げていた。

三年前のシーズンオフ、選手としては契約しないと告げられ、しばらくは練習スタッフとしてチームに残った。そしてその真面目さが評価されたのか、今年度から新たに球団職員として採用されている。三十を過ぎて始まったホワイトカラーの仕事は、背広とネクタイが慣れない以上に気苦労が絶えない。しかし選手としての夢は終わったが、働かなくてはならなかった。福岡には妻と子供が待っているし、妻のお腹には二人目の命も授かっている。そんな家族のことを思うと、役場にこっちから連絡取るべきだったかと不安にもなってくる。しかし駅で三十分待ったのは事実だし、落ち度があるとすれば町役場の方だ。球団に戻って叱られたり職を失ったりすることはないはずと自分に言い聞かせ、それでも球団に一応連絡をしたものか、それとも町役場にこれから連絡取るべきか、あれこれ思案しながら少年たちの練習を眺めていた。

そんな内浦だったが、ふとベンチ前の老人と少年のことが気になり始めた。老人はボールケースを脇に置き、中腰で少年に向かってボールを一個ずつ転がしている。小柄なその少年は小学三年生くらいだろうか、転がってくるボールを、まるで子猫がじゃれつくように、大きなグラブをはめた片手で追いかけている。

「あ、だめだめ、グローブだけ出したらだめったい。体をボールの正面に回りこませて。はい、次行くよ、ほれ、……あ、違う、そりゃバッタば捕まえるときたい。グラブは下からすくい上げるごとね。……ほれ次、……そうそう、今のはよかった、ベリグーたい。さ、早うみんなと練習できるごとなろうね」

老人と少年を見ていると、どうしてもワラジイのことが思い出される。子供の頃ワラジイの勧めで野球を始めた。ワラジイとは小学校時代の藤原先生のこと、その時六十に近いお爺さん先生で、名前が藤原だからみんなはワラジイと呼んでいた。

あれは内浦が小学四年の夏だったから、もう四半世紀近くの昔になる。人一倍身体のでかかった内浦は、今と違っていっぱしのやんちゃ坊主だったのだ。その内浦少年がワラジイにひどく叱られた。先生たちに叱られるのは慣れっこのはずが、その時だけは神妙な心持ちだったのを覚えている。何のことで叱られたかは忘れたが、子供心にもとんでもないことをしでかしたという思いはあった。それに大好きなワラジイを怒らせてしまったという後悔もあって、いっそう神妙になっていたのだと思う。

「なあ内浦、お前さんが縄文時代とか弥生時代に生まれとったら、大活躍できたかしれんな、内浦のオオキミとかなんとか言われてさ」

さんざんっぱら叱られた挙句、じゃあここからはお前さんのこれからについて話そうなと言い出したのがこれだった。さっき列車で吉野ケ里を通過する時、その言葉が鮮やかによみがえり、涙が出そうになった。あの時は意味がわからずぽかんと聞くだけだったが、ワラジイの笑顔が続けてくれたのだ。

「でもな、もうすぐ二十一世紀の来るったい。だけん、そげんわけにもいかんとよ。今のごと乱暴もんば続けておったら、いつか本気で後悔する日のくる。そいけん内浦、生まれ変わるよか方法のあるばってん、考えてみんね？」

もちろん内浦少年はうんと強くうなずいた。やっと説教から解放されそうだという安堵感ばかりでなく、不思議とその先を聞きたくなったのを覚えている。

「このあいだ体育の授業でソフトボールしたやろ、その時のお前さん、すごかったよな。校庭の樫の木まで打球の飛んでいったもんね。六年生でもあの半分超すもんは、なかなかおらんぞ。内浦って子はすごかなって感心したとよ」

ワラジイはそんな話の後、地域の少年野球チームを紹介してくれた。そこの指導者はワラジイの教え子でもあった。息子のやんちゃぶりに手を焼いていた両親はもちろん大賛成だったし、一緒に住む爺ちゃんがことのほか喜んだ。

「おお、おまえばフトシって名付けたかいがあった。お前は中西太のごとなれ!」

せいぜい王、長嶋くらいならなんとなくわかるけど、爺ちゃんはまるで知らない昔の野球選手の名前を出し、孫に向かって熱く語り出すのだった。

「平和台球場で見た中西太はすごかったとぞ。ホームランの打球が、地を這うごととして飛んでいったけんね」

以来その話は何度も聞かされ、「ナカニシフトシ」の名前を覚えた。夕飯の時、爺ちゃんは酒が入るとその話を何度も繰り返す。そして母は困った顔をするのだ。

「さあ、また爺ちゃんのいっちょ話の始まってしもうたばい……」

いつまでも終わらないその講釈は後片付けの時間を遅らせ、家事と家業に忙しい母のさまざまな段取りを遅らせるのだった。

「ほら太志、宿題まだ終わっとらんとやろ!」

母はそんな時、そっちから話の終了を試みたりする。だが宿題なんかより爺ちゃんの話の方がよかったので、なぞるように何度も聞かされたそれを、「ふーん」とか「えっ、すげえ」といった合いの手を入れるのが常だった。

「あのな、相手チームのショート守っておった選手の、股の間ば打球の抜けたったい。ショートの選手はびっくりして飛び上がったとばい。そりゃあびっくりするさ、うん、きんたま当たったら間違いなく死んだやろね、あのショート。そしたらその股ばくぐったと思うたら、そこは中西太の打球たい、そのまんまぐんぐん伸びてスタンドまで一直線ばい。オイも平和台にはよう通ったばってん、あげな打球は初めて見た。地面ば這うごとして落ちんどころか、ほれ、ヒラクチの鎌首持ち上げたごと途中からぐんぐん上に伸びてさ、最後はスタンドに入ったとよ」

あきらかに爺ちゃんは話を作っていた。かなりオーバーに脚色されたと大人になった今ならよくわかる。あの話だって最初は、外野手が前に落ちるライナー性かと判断して前進したら、打球がグーンと伸びてバンザイする外野手の上を、そのままスタンドまで飛んだという話のはずだった。たぶんそれがほんとうなのだろう。もちろんそれだってとんでもない打球なのだが、それがいつか、内野のショートが飛び上がって取ろうとしたのがホームランになったということになり、やがて股間を抜けた打球がスタンドまで届いた話に変わっていた。しかし爺ちゃんと孫の中では、それは真実の話として完成されていった。今だって内浦は、ショートの股をくぐって飛ぶ、地を這うホームランの映像をまざまざと脳裏に思い描くことができるのだ。

ワラジイ、爺ちゃん、自分を野球選手にいざなった二人はもうこの世にいない。甲子園での活躍はぎりぎり間に合い喜んでもらえたが、プロとしての一軍での活躍が果たせないまま引退して、自分は今ここにいる……。

気付くとベンチ脇ではボールケースが空になり、初心者特訓は終了したようだ。

「さあ、休憩にするけん、水分をちゃんと摂りなさい」

老人はやおら立ち上がると、バックネットの向こうから内浦の方にゆっくり近づいてきた。内浦は少しどぎまぎして腰を浮かせ軽く会釈した。そういえば老人は、ボール出しをしながら時々こっちを見ていたかもしれない。

「こんにちは、よか天気ですね」

老人は愛想よく声をかけてきた。亡くなった時の爺ちゃんと同じくらいの年齢だろうか、知らないもの同士、ネット越しにまずはお天気の話題に始まり、少しずつ野球の話題へと進んだ。子供相手に熱心に野球を教える老人と、酔狂にもずっとそれを眺める大人がいればそれは必然の流れだった。

「ところでつかぬことをお聞きしますばってん、失礼ですけどあなた、プロ野球関係の方じゃなかですか？」

「ええ、まあ、昔やっておりました」

「あ、やっぱり。で、ひょっとしてあなた、内浦さんと違います？」

「あ、はい、内浦と申します」

「でしょう！　福岡パイレーツの内浦さんですよね。さっきからそうじゃなかかと気になっておりました。わあ、感激です。甲子園の時からファンでした。何年か前引退されましたよね。今どうされとるですか。今日はまたどうしてここに？」

「はい、今はパイレーツの職員です。今日は休みでたまたま通りかかって……」

自分のことを野球選手として声をかけてもらうのが久しぶりで、内浦は嬉しかった。しかし今、ほんとうのことすべてを明かすわけにはいかない。

「そうでしたか。いやあ、プロの方に見ていただいておったとはお恥ずかしい限りです。ばってん、嬉しかです。あ、わたくし松尾と申します。あれは私の息子です。二人で地域の少年野球ば見ております。よかったらグラウンドに下りていただけんでしょうか、みんなに紹介させてください」

「いや、紹介だなんて、私はほとんど二軍暮らしの選手でしたから。それに子供さん方の練習の邪魔にもなりますし」

内浦が固辞すると、興奮冷めやらない松尾老人はさらに熱心に口説こうとした。

「いやいや、邪魔とかとんでもなか。あの子たちのためにもお願いします。よかったらバッティングばご披露願えんでしょうか。それが叶えばあの中西太以来、何十年かぶりにプロ野球選手があのバッターボックスに立ってもらえるとです」

「えっ、中西太……！」

「はい、西鉄の中西太です。あ、そういえば内浦さんもフトシさんですよね、まあ字の少し違うておりますけど。私が中学の時、その中西太のおった西鉄がこの町に来て試合ばしたとです。オープン戦とかじゃなく公式戦ですよ。私は昔ワル坊主でしたけん、練習の時からうまいこともぐり込んで見ておりました。ほら、あそこ、あの辺りで練習から試合の終わりまでずっとです。今思い出しても夢のごたる気分でした」

老人は内野の土手の上の方を、懐かしそうに指さした。

「いやあ、中西太の打球の速さと飛距離は別格でした、他の選手とは段違いです。ほら、センターの道路の向こうに家が何軒か見えるでしょ、昔はもっと密集しとったですけど、練習の時からあそこにポンポン放り込むもんですけん、大騒ぎですたい。球団の人が慌てふためいて何度も謝りに行きよらしたですよ」

饒舌に語る老人の顔と、昔、同じ話を何度も繰り返した爺ちゃんとが重なった。そしてこの人の前で、あのバッターボックスに立ってみたいという衝動が抑えきれなくなった。一度は憧れた人と同じ打席に自分も立てるのだ。

「じゃあ、一度だけ。三振して恥かくかもしれませんが、あの偉大なバッターと同じ打席に立たせてください」

「えっ、やっていただけますか？　わあ、嬉しか。じゃあみんなば集めますけん」

松尾老人は大喜びで全員集合をかけた。右打席に上着とネクタイを外した内浦が構え、少年たちはベンチ前に整列した。

「高校の時控えのピッチャーでした。ピッチャーは松尾の息子が務めました。その時僕が最後の一イニングを投げたとです。県大会は二回戦で強豪と当たってしもうて大負けでした。それが僕の野球人生キャリアハイになります」

そう言って爽やかに笑う息子の松尾は、内浦よりひと回りくらい年上だろうか。キャッチャーは松尾老人がプロテクターとマスクで厳重武装して務めた。万が一、打球での怪我が怖いので、バッテリーは大人にお願いしたのだ。

「わあ、プロ相手に緊張するぅ！」

松尾息子の第一球は、叫んだ通りのとんでもない大暴投になった。キャッチャーの松尾老人がびっくりするほど跳びあがり、差し出すミットのはるか上をボールが通過した。

「頑張ってください、コーチ！」

「すげえ、じいちゃんのガバイ跳びあがらした」

「うん、意外と若こうあらすばい」

子供たちの声に、松尾親子と少年たちの間に通う温かいものを感じ、バッターボックスで内浦の顔が自然とほころんだ。元プロのはしくれとして、すごい姿を見せなければという力みが抜けるのを感じた。こんな気分で打席に立つのっていつ以来だろう。そうか、野球を始めた子供の頃、いつもこうやって野球を楽しんでいたのだ。これがほんとうのプレー・ボールだな、……よし、野球を遊ぼう。

松尾息子の第二球目、今度こそ打ちごろのコースだった。だが遅い球って意外と曲者なのだ。早く振り出さないようタイミングを計って後ろ脚に重心を置き、そこを軸に踏み出しながら、一瞬を狙ってバットを一閃させた。

ホームランになる時って、バットに当たるボールの感触がない。いつだってそうなのだ。なにか空気を切ったようにスパンと気持ちよく振れる。その時もうまい具合にそうなった。真芯にボールをのせた感覚でバットを振り切ると、打球は金属音を残してセンターへと飛んだ。でも強烈な当たりだが角度が少し足りないか、フェンス近くまでは飛びそうなライナーかという手応えで見送った。だがボールは、なにか意思でも持つ生き物であるかのように伸びていくのだ。地を這うように飛び出したボールが、センター後方のネットめがけて上へ上へと飛翔し、やがてその生き物はネット中央に突き刺さった。

「ガシャン」

金網を揺らし、その意思を終了させポトリと落ちていった。その時ちょうど通りかかったワゴン車を驚かせたらしく急ブレーキを踏ませたようだ。

「うおーっ、すげえ!」「やば……」

一瞬の沈黙の後、少年たちは歓声を上げた。


慌てたスピードで一台のワゴンが駅前のロータリーに駆け込んだ。運転席のドアが開くと、そこから転がるように君野が飛び出した。駅舎に走る君野を、碧とゴータは固唾をのんで車の中から見守った。

「まだいるかな、あの大きな人」

「いればいいけど……でもあれから一時間以上経つからねえ」

「ゴータさん、どうしましょうか、私たちも降りた方がいいですかね」

「ううん、ちょっとここで待とう。あの人いないと思うの、だからこの後探すのを手伝いましょう。探す相手の顔知っているの、私たちだけだから」

ゴータの言葉が的中したようで、ホームやトイレまで探しまわった君野は戻ると、待合室の真ん中でしょんぼり立ちすくみ、やがて携帯を出して連絡を取り始めた。

「役場に連絡しているのですかね、なんだか可哀そう君野さんって人」

「そう、このまま彼を一人にはできないわね。それにミドリさん、この車は最終的に大町役場に戻るわけでしょ。おじいさまの手掛かり、何かつかめるかもよ」

「ああ、そうか、そうですよね」

自分では思いもつかなかった。ほんとうにゴータは旅の勇者だし、守り神のように自分を導いてくれる。碧は心からそう思った。

フロントガラスの向こうには、携帯を耳に当てた君野が直立不動のまま、腰をぺこぺこ何度も折る姿が見えていた。

「でも私たち、まずはあの人を探すことに全力で協力しましょう。君野さんほんとうに心配、見て、電話しながら今にも泣きそう」

思い詰めた表情で、君野がワゴン車に戻ってきた。そしてスライドドアを開けると、後部席の二人に向かって最敬礼した。

「天野さん、外村さん、一生のお願いです。私と一緒に人探しをお願いします。いや、お会いしたばかりのお二人に、こんなことお願いできる筋合いではなかと重々承知ですが、内浦さんの顔を存じ上げておられるの、お二人だけですから……」

その姿には、見ているこっちが辛くなるほどの悲壮感が漂っていた。

「はい、もちろんお手伝いします。だいじょうぶです、私たち時間はありますから、見つかるまでお付き合いしますから、そんな心配しないでください」

碧はゴータのかける言葉を聞きながら、そういえば自分も、トキツカの手前で同じような言葉で励まされたなと思い出していた。

「ありがとうございます。すみません、ほんとうにすみません」

君野は何度も頭を下げた後、運転席についてシートベルトを締めてもしばらくそのままで、盛んに顔の汗をハンカチでぬぐった。目元はことのほか丁寧にぬぐっていた。

「で、どこか探す心当たりはあるんですか?」

車が動き出した時、ゴータがおずおず訊ねた。

「はい、町営グラウンドに行ってみようかと。内浦さんがご自分で動かれたとしたら、たぶんそこ以外は考えられんですけん」

ワゴン車の走り出したルートは、先ほど二人が歩いた国道をたどった。

「お恥ずかしいところをお見せしました。町長にこっぴどく叱られまして」

ルームミラー越しだけど、君野は自嘲と悔しさの混じる表情をしていた。

「ばってん一番つらいのは、自分を信頼して任せてくれた上司に応えきれんかったことです。それが一番情けなか……」

やがて車は、あの小学生のいた信号を通り過ぎ、その二つ先の信号を右折して旧道に入った。道を行く人影が見えるたび車は徐行し、碧とゴータは目を皿のようにして、あの大きな人がいないか探した。そうやって走るうち、やがてフロントガラスの向こうに金網で囲われた開けた空間が忽然と現れてきた。

「あれが町営グラウンドです。と、言うよりそのまんま野球場ですけどね」

確かにそこは扇型をした野球場だった。扇のカーブは外野のフェンスで、その外側数メートルほどのところに、高さ十メートルほどの金網で囲ってあった。そしてその金網沿いに道路が走っている。湾曲するその道路にいったん車を停め、三人はあの人を探した。

グラウンドでは少年野球が練習をしていた。二十人ほどの子供たちを二、三人の大人が指導しているようだった。それ以外ぐるりと見渡しても人影は誰一人いない。

碧もあの人を探そうとするのだが、実はさっきから変な感覚にとらわれていた。

えっと、……わたし、このグラウンド、どこで見たんだっけ……。

この球場が見え始めた時から、そんな思いがぬぐえなくなり始めたのだ。

「ああ、やっぱりそれらしい人、おらんですね」

君野が気落ちしたようにつぶやいた。

「もうしばらく探しながら、このまま役場に戻ろうと思うのですが、お二人ともお時間の方、大丈夫でしょうか」

「ええ、大丈夫ですよ、あきらめないで探しましょう」

ゴータがもう一度励まし、君野は力なく「はい、……」と応えて車はまた走り出した。そして三人を乗せたワゴン車が湾曲する道路のちょうど半分、球場レベルでいうとセンター後方にさしかかった時だった。

「あぶない！」

窓の外を見ていたゴータが、いきなり叫んで碧を抱きよせた。それと同時に君野が急ブレーキを踏んだのだ。碧はゴータの腕の中からそれを見た。デジャブ……。


やっぱりわたし、これを見たことある……。

ボールが、野球のボールが一直線に向かってくる。地を這うようにこっちに向かって、それはまるで意思を持つ生き物のように近づいてくる。

ガシャン、……生き物は金網に当たってその意思を捨てた。

「ふう、あぶね。金網のなかったら直撃で車のへこんどった」

「ボールってあんな飛び方するんですね。誰が打ったんだろう」

ゴータは碧を守る姿勢のままつぶやき、打球の来た先を見た。そこには少年たちから喝采を受けるワイシャツ姿の大男がいた。

「あれっ！」

ゴータがいきなり声を上げ、碧を抱く片方の手で、遠くホームベースを指さした。

「いた、いた！……あの人です。ほら、白いワイシャツでみんなから拍手受けているあの人、あの人が駅で待っていた人です」

「えっ」と目をむき、それからの君野が早かった。シートベルトを外すやドアから飛び出し、脱兎のごとく駆け出したのだ。

「内浦さあーん、内浦さあーん」

とても届くはずがないのに、それでも君野は叫びながら走り続けた。

「内浦さあーん、役場の、大町役場のものです。君野と申しまあーす。内浦さあーん」

君野は両手をぐりぐる振り回して走り、走りながら叫んだ。やがてその声が遠くになった時、ワイシャツ姿の大男が声に気付いた。たどり着いた君野は大男に直立不動で向かい、真直角に腰を曲げた角度で頭を下げ続けた。内浦と呼ばれた男も、その半分くらいの角度で応じていた。

「よかったあ。よかったね、ミドリさん」

ゴータはまだ碧を守る姿勢を保ったまま、嬉しそうに同意を求めた。碧は小さくうなずいた。遠くに見える光景に安堵したのはもちろんだが、実はもう一つの感覚にとらわれていた。さっきから感じる既視感のわけにやっと気付いたのだ。

美鶴さん、ここってあの場所ですよね。日記で読んだ、亮太郎さんと大切な思い出を作ったの、この野球場でしょ。

なんだか自分が日記の世界に飛び込んでしまったような錯覚で、ゴータの胸の中でうっとりした。何か大きなものが、とても大事なものが自分に近づいている、そんな予感に胸がときめいていた。

第四楽章　ラルゴ＆アダージョ

Ⅰ　まだらな夢

肥前の国を治めるその年老いた領主は、家臣たちから「とんさん」と呼ばれておりました。「とんさん」とはお殿様を意味する土地の言葉です。

とんさんは、それはそれは穏やかな日々を暮らしておりました。領民たちのことを心から愛しておりましたし、この肥前の土地のことも大好きでした。なだらかで奥深い山々、秋には豊かな実りを生み出す広々とした耕地、そしてそこで働く勤勉な百姓たち。平野を穏やかに流れる川は時に氾濫を起こしたりしますが、それがまた土地を肥やし、さらには潤したりもするのです。夏になると子供たちの川遊びが始まり、人々が涼を求めて散策などするのだそうです。家臣たちのそんな話を聞きながら、この愛すべき土地の領主である自分は、ほんとうに幸せ者だと満足しておりました。今日も今日とて広がる領地を高台の館から眺め、満足感に浸りながらひねもす暮らしておりました。とんさんの人生は、ぼんやり領地を眺めて暮らすという時間が、その大半だったのです。

「諸国広しというばってん、儂のごつ幸せか領主は他におらんとじゃなかろうか」

とんさんは心の中でそう独り言ちしました。何もしなくても「とんさん」「とんさん」と皆が慕ってくれるし立ててもくれます。家臣たちはそれぞれ仕事のできる人たちでしたから、何も言わなくても「よきに計らえ」と、ただうなずくだけですべてが事足りるのでした。いや、正直なところ、とんさんは何をすればよいのか知っているわけではありませんから、それは助かっておりました。つまりは周りの者たちが的確に動いてくれるおかげで、この領地は滞りなく時を刻んでいたというわけです。

もちろんとんさんにしても、自分がそこにいるだけで何かがうまく動いていると察しております。ですからそのことはあまり気にせず、すべてを周りの者たちのつくる流れに身を任せて生きようと決めておりました。おしなべて諸国は平和を保っておるようでしたから、攻めてくる国がどこかにあるわけでもありません。戦国時代の領主のように、生死を分ける決断を迫られる何かがあったわけではありません。太平の世とはありがたいものです。つまりとんさんに、領主としての悩みは今のところ何もなかったというわけです。

家臣たちが本心から自分を慕い敬っている様子は、とんさんがなにかを一音でも口にすれば、みな心から嬉しそうに笑顔を返しますからすぐにわかります。先日だってとんさんがたった一言言葉を発しただけなのに、家臣たちは手を取り合って喜び合うといったありさまでした。とんさんは年齢のせいか脚がやや不自由なのと、左手が動かせないため身の周りの大半を女房たちに任せております。先日も湯舟で年老いたおつきの女房が、身体を洗ってくれながらこう申しておりました。

「とんさん、どうぞ長生きしてくださいまし。わたくしども、とんさんにお仕え申し上げることが無上の幸せでございますけん……」

ふん、ふん、この女房ばあさんばってん、歳にも似合わんごと可愛かこと言うてくれるばい。

とんさんは心の中でそうつぶやきます。つぶやきながら、そういえばあの年若い方の女房を近頃めっきり見かけぬようになったが、さてどうしたことであろうと思いました。その若い女房が腰の辺りを支えてくれ、自分もその娘の肩に手をかけて廊下をゆるゆる歩む時の、着物の上からでもわかるあのやわらかい肌の感触を、とんさんは湯舟につかりながらうっとり思い出しておりました。

「まあ、とんさんったらお元気になんしゃって！どげんしたとですか？」

年老いた女房はお湯をすくい、ちょっとだけ元気になりかけたその身体にふりかけながら、若やいだ高い声を上げました。

やめんね、ばあさん違うって、あんたじゃなか。やめろってば。

とんさんはそう思いましたが口には出せません。苦虫をかみつぶしたしかめっ面で軽くいやいやをしました。それを見た年老いた女房はいたずら心とはいえ、はしたなくはしゃいだことを恥ずかしく思い、真面目な顔に戻ってとんさんの身体を洗い清める作業に没頭するのでした。

「今度会うたら、あれを詫びんといかんやろね……」

ある日の午後、とんさんは館から肥前の平野を見渡しながら、あの年若い女房のことを考え始めました。特になにか頭を使う仕事があるわけではありませんでしたので、考えることといったら他にほとんどなかったのです。

あれというのは、出来心でその若い女房の胸の辺りをつい触ってしまったことでした。とんさんは不自由な脚を少しでも治すため、おつきのものに支えられながら廊下を歩く稽古をします。

ある日、召しかかえられたばかりの若い女房に支えられ、なにやら夢心地で歩いておりました。その時魔が差したのか、とんさんにいけない心が生まれてしまいました。娘の肩にのせた掌が微妙に動き、そして掌にやわらかな感触を味わわせてしまったのです。それ以来、とんさんの世話係から外されてしまったのか、その若い女房を見かけることはとんとなくなりました。

でもあれはわざとじゃなか、肩に置いた手がうっかり滑ってしもうただけばい。

とんさんは心の中で必死に弁解しようと試みました。でも年若い女房の「あれぇ!」という叫び声を思い出すと胸が痛みます。それに、まだ二十歳を少し過ぎたばかりでしょうか、その娘のつらく悲しそうな表情まで思い出すと、自分のしたことがとても恥ずかしく、とんでもなく悪いことだと気付きました。

いや、やはり詫びたい。正直に謝らんといかん。ごめん、半分はわざとじゃった……うんにゃ、違う、全部かもしれん。……ああ情けなか、儂はなんと醜い男やろか、心から謝りたい……じゃが、どげんすればちゃんと謝れるやろか……。

いつからこんな男になり下がったのでしょう。自分は昔、こんなじゃなくもっとまっとうな人間だった記憶があるのです。いったいどうしたことか、近頃自分のしたことで情けなくなったり、自信が持てなくなったりすることばかりの気がしてなりません。でもそれ以上そのことを考えると涙があふれそうになります。ですから、高台にあるこの館からの眺めを無心に楽しむことにしました。間違っても涙なんか流してはいけません。人は哀しいから泣くのではなく泣くから哀しいのだという教えを、昔、誰かに受けた記憶があります。だから何も考えずに景色を眺め、儂は幸せな領主だ、自分は幸せ者なのだと呪文のように言い聞かせ続けたのです。やっと無心になれたとんさんは、疲れたのでしょうかぼんやり居眠りをし始めました。そして夢を見始めたのです。それはここしばらく、繰り返し見る同じ夢でした。

それはたった一人でどこかを歩く夢でした。森の小径を歩いていて何かを探しているのですが、知らない場所だし霧も深くてどうすればいいのかわかりません。しかも歩きながら、自分が何を探しているのかさえわからないでいるのです。それでも見当のつかない探し物を求めて歩き続けると、森を抜け霧が少しずつ晴れようとします。そして人影がぼんやり見えてくるのです。いつも通りその人影は二人いて、どうやら片方は老女でもう一人は女の子らしいのです。しかしその二人が誰なのかわからぬまま、いつもの夢はそこで終わってしまうのです。

でもその日に限って夢の続きがありました。霧の晴れた向こうに手をつなぐ二人の姿がはっきり見えたのです。その二人の姿に、懐かしい思いが胸を突き上げました。

ああ、美鶴さん、それに碧さんも……来てくれたとね。

その日こそ、二人の人影が誰なのかわかったのです。そしておのれ自身のこともはっきり思い出しました。

そうだった、儂はとんさんなんかじゃなか。儂は、いや、わたしはとのむらだ、わたしの名前は、外村亮太郎だ！

そうだ、わたしのいるべき場所はここではない。帰るべき場所があるのだ、待っている家族がいるのだとすべてを思い出したのです。

でもその時です。目の前にまた霧がかかり出すのでした。それと同時に、二人の姿も霧の中にうっすら消えようとするではありませんか。慌てて二人の名前を叫ぼうとしました。そうしなければ何もかも霧の中に消えてしまいそうに思えたのです。ですから大声で呼ぼうとしましたが名前が出てきません。ただ口がぱくぱくするだけなのです。そして案の定、霧は深くなりその中に二人の姿がのみ込まれ、自分の頭の中にまで濃い霧がたち込めました。そしてついに、今見たのが何だったのか、自分が誰なのかがもうわからなくなってしまったのです。

まどろみから覚めた時、陽は少し西に傾きかけていましたが、肥前の国の平野が窓いっぱいに広がって見えておりました。とんさんは自分の頬に涙の伝った感触が残っているのを不思議に思いました。なにかとんでもなく大切なことを思い出し、哀しくって泣いたような気がします。でもそれが何だったのかまるで思い出せません。しかし思い出そうとするのはとても疲れそうなので、もうそのことを考えるのはやめにしようと思いました。わたしは男なのだ、しかも一国の領主たるもの家臣や領民に涙なんか見せてはならぬ。確か子供の頃、そんな教育を受けた記憶があります。

廊下の向こうから足音が近づきました。とんさんは自由の利く方の手で甲を当て、涙をぬぐい何事もなかった顔を作りました。

「さ、とんさん、冷えてきました。そろそろお部屋に戻りましょうね」

女性の介護士が近づいて、とんさんの座る車いすの後ろに手をかけます。

「ねえ、とんさん。とんさんが私たちの夢窓園においでになって、もう三カ月になろうとしています、早かですねえ。……」

介護士は車いすを押しながら優しく語りかけました。とんさんは黙って押されていました。廊下に面した大きなガラス窓の向こうでは、黄金色に広がる稲穂の上を、まるで波がうねるように風が渡っていくところでした。

「わあ、きれいか。とんさん、ほらご覧になって、田んぼの稲穂に風の渡っていきよります。みごとかですねえ……」

介護士は車いすを停めて思わず歓声を上げました。とんさんのぼんやりとした瞳にも、渡っていく風が、足あとのような文様を作るのが映っておりました。

「とんさんのご家族、どこにおらすとでしょう。……心配でお探しじゃないでしょうかね。……ねえ、とんさん、とんさんはどこからおいでになったとでしょう。……ほんとうのお名前、思い出されるとよかですけど……」

介護士は吸い込まれるような目で波打つ稲穂を見つめ、とんさんの背中など優しくさすってあげました。とんさんもやはり、ぼんやりした目でうねる稲穂を眺めていたのですが、その目がふと何かをしっかりととらえ、不自由な口がわずかに動いたのです。

「……と……とつ……とん…あ、…との、との、とつ……」

声に気付いた介護士はさする手を休め、後ろから優しく覗き込みました。

「そうですよね、あなたはお殿様、心配せんでよかですよ。あなたが誰であれ私たちにとってはとんさんですけん。この夢窓園で私たちがお守りしますけん」

言い聞かせるようにそういう介護士に、とんさんはまだ何か言いたそうに口がわずかに動いたのですが、やがてあきらめたように閉じてしまいました。そして確かに何かを見つめていた瞳でしたが、やがて焦点が広がりぼんやりと虚空を漂い始めたのです。

後ろから覗き込んだ介護士は何かに気付き、車いすの前に膝をつきました。この施設に保護された時起こしていた脳梗塞が原因で、歪んでしまったとんさんの口の端からよだれが咽喉仏の辺りまで伝っておりました。介護士はタオルでそれを丁寧にぬぐってあげたのです。

「ほら、きれいになりましたよ。まいりましょうね、とんさん」

車いすは押され、入園者が共同で暮らす部屋の一つに入っていきました。

特別養護老人ホーム「夢窓園」の廊下には、大きな窓ガラスがはめ込まれております。人気の消えた廊下にはもう誰もいませんが、相変わらず窓の向こうには田んぼが広がっております。そして午後の陽ざしを受けた稲穂が輝き、そこを波のような文様を残して風が渡るのです。

その広がる黄金色の海を突っ切るように線路が一本伸びているのですが、そこを列車が走っていくのが遠く見えておりました。

Ⅱ　告解

役場の玄関で、君野ばかりか町長や副町長らの見送りを受け、碧とゴータは武雄市のホテルに向かうタクシーの中にいた。

「よかったですね、あの大きな人が見つかって」

「ほんとうにそうね、君野さん、やっと笑顔になったもの。それにしても内浦さんって人、大切な客人だったのね。見た？　あの町長以下、ＶＩＰ並みの歓迎ぶり」

「はい、驚きました。しかも元プロ野球の選手だったなんて二度びっくりです」

「そうね、吉野ケ里の時、まさかこんなご縁になるなんてね」

二人は列車での出来事を思い出し、顔を見合わせてまた笑った。そういえば二人の会話が始まったのはあれがきっかけだったのだ。

「なんだか今日は、いろいろあった日ね」

「はい、今朝からずっと夢を見ているみたいで……。でもゴータさんのおっしゃった通りでした。ここまで来て無駄ではなかったなって思っています」

「そう？……ならよかった」

役場に着いた後、ゴータに言われて福祉課に行ったのだ。窓口で事情を話すとあちらこちらに電話をかけてくれた。ただ夕方も近いので情報はなかなか取れず、明日もう一度出直すこととなった。とりあえず携帯の番号とアドレスを伝えておいた。

二十分ほど走ると、タクシーの前方に際立って目立つ山が見え始めた。標高はそれほどでもなさそうだが、田園の平野の中に突如現れそびえ立つ。しかも山頂辺りが岩肌をあらわにして峰が三つ連なっている。山という字はこれを基にして作られたのですよ、と言われたらきっと信じてしまいそうな形をした山だった。

「あれは御船って書いてミフネ山って言いますもんね、まあ言うたら武雄温泉のランドマークタワーみたいなものですたい」

山の名を訊ねると運転手はそう答えた。やがて駅にほど近い小奇麗なホテルの前でタクシーは停まった。料金を払おうとすると、「助役さんにチケットいただいておりますけん」と運転手は応じた。どうやら内浦さん大歓迎の恩恵に預かったようだ。

「私も今夜はこのホテルにしようっと。ミドリさんの隣部屋があるといいな」

「あ、心強いです。ぜひそうしてください」

ホテルのフロントで名前を告げると、ホテルマンが「少々お待ちを」と内線をかけ、奥から若い男が現れた。その男は営業用とは思えぬ親し気な笑みを浮かべ、二人に向かって丁寧にお辞儀した。

「当ホテルをご利用いただきありがとうございます。わたくし副支配人の諸富と申します。実は大町役場の君野氏から連絡いただき、天野様、外村様のお二人に最上階のツイン特別室をご用意させていただいております」

「えっ!」

「あ、料金の方はシングルの価格のままでご用意いたします。後は君野くんにちゃんと請求いたしますので」

そういうと副支配人は一人の青年の顔になってにっこり笑顔になった。そういえば役場を出る時、君野が今夜どこに泊まるか聞いてきたのだ。碧がホテルの名前を言うと彼は嬉しそうに目を輝かせた。

「あ、そのホテルのオーナー知り合いです。というか、厳密にいうとオーナー見習いの三代目ですが高校時代の親友なんです。サービスするよう電話しときますから」

たぶん君野はお礼のつもりでそうしたのだろうと想像はつく。タクシー代に続くおこぼれはありがたいし、ゴータと同じ部屋なのも心強い。でも考えたらゴータってほんとうは男の人でもある。

わたしはゴータさんのことを信頼しているから平気だけど、ゴータさんはどうなんだろう、わたしと相部屋じゃ気を遣わせてかえって迷惑にならないかしら。

見るとゴータも戸惑った顔をしていた。

「どうする、ミドリさん。嫌だったらそう言って。私断るから」

そうか、ゴータさん、わたしを気遣ってくれている。

碧の気持ちはすぐに決まった。

「ううん、私はだいじょうぶです。ゴータさんさえ嫌じゃなかったら、むしろ一緒の方が心強いです」

「わかった、じゃあそうする。それに特別室なんてそうそう泊まれないしね」

「はい、ちょっと嬉しいです」

二人はルームキーを受け取り、最上階専用エレベーターのボタンを押した。部屋に着くと碧はすぐに父親にメールした。じゃないと心配のあまり飛んでくるかもしれない。

そんなことになったら、とんでもなく面倒くさいことになる。このややこしい状況をどうやって説明するの、……そんなの無理。

「お父さん、今ホテルに着きました。大町役場の人と知り合いになり町長さんとも会えました。おじいちゃんのこと調べてくれるそうです。明日昼前にもう一度役場に行きます。その時また連絡します。　碧」

いろいろあり過ぎたので、とりあえず大事なことだけを伝えた。作ったメールを読み直し、私が今日のたった一日でしたことってすごいじゃんと思った。でもよく考えたら、それは全部ゴータのおかげでできたことでもあった。

お腹が空いたので、とりあえず二人は食事に行くことにした。ホテルを出てしばらく歩くと古ぼけた小さな食堂があった。ちゃんぽんとか皿うどんなどと書かれた紙が入り口に貼られ、記されている値段も若い二人には手頃なありがたさだ。

暖簾をわけ入ると奥のテーブルに母子連れがいて、ちゃんぽんをする母親の脇で、幼い子供が蓮華で焼きめしを小さな口に運んでいる。客はもう一人カウンターにいて、耳に赤鉛筆を挟んだ中年男がスポーツ紙を見ながらビールを飲んでいた。厨房では中華鍋を振る五十がらみの男がいて、「いらっしゃい」と元気よく声をかけ、その妻なのだろうか同じ年代の女性が水をテーブルに運んできた。

ゴータはちゃんぽんの大盛り、碧は普通盛りを注文した。おしゃべりしながら料理を待っていると、ゴータのスマホが着信メロディーを奏で始めた。

「あ、君野さんからだ」

メールをしばらく読んで、その画面のまま碧に渡してくれた。

「アドレス交換していたの。今日のお礼とか書かれている。どうぞ読んで」

見るとお礼やらなにやら、メールにしてはとてつもなく長い文章が並んでいた。

「天野様　外村様

今日はほんとうにありがとうございました。とんでもない失敗をお助けくださり、お二人への感謝は言葉に尽くせません。ホテルまでご一緒できなくて申し訳ありませんでした。内浦さんと町長たちを接待の場所に送り届け、ただいま任務完了で帰宅するところです。武雄のホテルお寛ぎいただけてますでしょうか。今夜はそちらにご予約と伺い、勝手ながらお部屋を変更させていただきました。気に入っていただけたら幸いです。明日は内浦さんをお迎えがてら午前十時頃武雄に行く予定です。もしお時間が合いましたらその時はあらためてご挨拶させてください。では失礼いたします。　君野克拝
追伸　それから外村様が福祉課に立ち寄られたと先ほど知りました。今日は自分のことでいっぱいになり、何も知らず申し訳ありませんでした。明日伺うこともできますが、もしよろしければこのメールでご依頼の内容を教えていただけますか。それから外村様の連絡先も福祉課と共有してもよろしいでしょうか。わたくしのようなものでも、何かお力添えできれば嬉しいです」

「君野さんって、丁寧な方ですね」

「ほんとうに真面目で律義な方。最初会った時はびっくりしたけどね」

あのトキツカで驚かされた出会いを思い出し、二人ともふふっと笑い合った。

「で、お返事におじいさまのこと、書いていい? それからあなたのメアドの件も」

「はい、お願いします」

「おじいさまのお名前や年齢、特徴とか教えて。それからいなくなられた日にちも」

「はい、外村亮太郎、八十二歳です。今年の六月三十日にいなくなりました。身長はえっと、私より少し高いから一六〇くらいなのかな。髪は白くてやせ型です」

ゴータは碧の言葉にうなずきながら指を動かし、メールを完成させた。

「じゃあ、送るね」

送信し終えた時、ちゃんぽんがテーブルにやってきた。

お腹を空かせた二人は「いただきます」と声を合わせ、すぐさま割り箸を割った。ゴータは大盛りをすごい勢いで食べていく。碧はどちらかというとゆっくり食べる方なので、普通盛りが置いていかれそうだった。

「あ、ごめん、私食べるの早いでしょ。こんな時だけ男喰いの本性が出ちゃうのよね。いやんなっちゃう……」

箸を止めたゴータはそう言って顔を赤くした。

「いえ、私こそ食べるのが遅いって、よく親に叱られました」

「じゃあ、それぞれのペースでいいわよね。美味しいものって、そんなの気にしないで食べた方がより美味しくなるものね」

「はい」

確かに美味しくてスープまで完食してしまった。食べ終えているゴータは両方の掌にあごをのせ、微笑みながら待っていてくれた。おかげで幸せな満腹感に満たされた。

「ねえ、ゴータさん。ゴータさんってどこから来たのですか？」

お腹がいっぱいでなんにも考えていない時って、思わぬ言葉が口をついてくる。いや、「思わぬ」ではなくほんとうは「思って」いたことなのだけれど。

「あれ、言わなかったっけ、あなたと同じ東京よ」

「あ、そうじゃなくって。……ずっと思っていました、ゴータさんってどこから現れたのだろうって。私、思い立っておじいちゃんを探す旅に出たでしょう。でも不安だったんです。だって今まで、一人のお出かけなんて山手線に乗るくらいが精いっぱいでしたから。そんな時ゴータさんが現れて、それから親しくなっていろいろ助けてもらって、まるで勇者と出会ったみたいに心強かったです」

「勇者……？」

「はい、ゲームなんかで助けに現れたりする」

「ああ、一緒にお姫様なんか探してくれるやつね」

「はい、探すの、お姫様じゃなくっておじいちゃんですけど」

「ふふ、そうね。……でもね、ミドリさん。助けてもらっているのは、むしろ私の方だと思うな」

「えっ、私何もしていませんけど。……」

「ううん、ミドリさんのお手伝いすることで、実は私が救われているの」

やはりこの人はすごい人だと思った。年上とは言っても三つか四つ、でも自分なんかが及ばない遥か先にいる。そんな人と旅で出会うなんてほんとうにツイている。そのことをどうしてもゴータに伝えたくなった。

「ゴータさん、私ね、出会った人のことすぐ妄想するタイプなんです。それでゴータさんのことも勝手にいろいろ想像してみました」

「そうなの? で、どんな人なの、勇者以外に例えると私って」

にこにこしながら訊ねるゴータは楽しそうだった。

「はい、ゴータさんとお会いしてずっと、話してくださる言葉の一つひとつに、私教えられたり気持ちが楽になったりするんです。なんでも知っているし頭もよくって、たくさん勉強されたのだろうなって。どこか名門校の秀才だろうなって思っています。でも高校を休学して旅をなさっているのですよね。そのこともこう考えています。ゴータさんは世の中のいろんなことを自分の目で見て、自分の頭で考えるために旅に出たんだって。そして世界中に存在する争いや憎しみをなくすため、人はどうやって生きればいいのか、そのことを考えようとする人。きっとそれはゴータさんご自身のつらい体験から生まれたものじゃないかって想像しています。……私もいじめに遭って学校行けなくなる、つらい体験をしましたから。……でも私なんかと違ってゴータさんのすごいところは……」

もっともっとゴータをたたえる言葉を探そうと夢中になり始めた時、ゴータの様子が変だった。あんなに楽しそうだった笑顔は消え、そればかりか青ざめた表情に変化し、肩を上下させ苦しそうな息を始めている。

あ、わたし、何かいけないことを言ったの？

息をのんで見つめる碧の前で、ゴータは目を閉じ大きく、でも静かに四、五回呼吸をした。気持ちを落ち着けようとしているのだろうか。

「ミドリさん、覚えているかな。……いじめの作文で表彰され、その後いじめっ子になった人間の話をしたの……」

「はい、古墳に向かっていた時に……」

「あれ、私のことなの」

「えっ！」

「小学生の時、いじめをなくそう作文コンクールで賞を取り、その後中学に入っていじめの首謀者になった人間って、……私なの」

「腑に落ちる」って表現があるけれど、その言葉はいつまで経っても碧の腑に落ちてはこない。目の前にいるゴータと、中学に入っていじめっ子になったという人間とが、どうやっても結びつかないのだ。

「それに私、名門校の生徒でもないわ、ありきたりの公立高校。しかも単位不足で進級できない落ちこぼれが休学しただけ。そりゃあ小学の時は良い子だったから親の期待に応えようとお勉強に励み、それなりの時代があったかもしれないけど……」

そこまで話すとゴータはコップの水を静かに口にふくんだ。碧は言葉を失くしたまま、ずっとゴータの話を聞くことになった。

「でも五年生の終わり頃、勉強する意味がわからなくなったし、大人の言葉も信じられなくなったの。……あと、生きる意味もかな」

「原因はわかっている。父と母が激しい言い争いをするのを見たのね、そしてその原因が私のことだったのよ。ほら、私って心と体の性が一致していないでしょ、そのことで父が母をなじったのね、お前のしつけが悪いせいだって。その時初めて知ったわ、自分が他の人たちとまるで違うって」

「母はね、思えば私の唯一の理解者だった。小さい頃女の子が好みそうな服を着たがったし、鏡台の前で母の口紅ぬって一人遊びする私に、最初は戸惑ったみたいだけど見守っていてくれた。でも父は違ったの。なにか汚らわしいものを見る目で叱ったわ。だから子供心に、父の前では男の子を演じるよう気をつけていたの」

「でも五年生の時それが破綻したってわけよね。それを境にわたしは変わっていったわ。父を避けるようになったし、でもだからと言って母の言うことも聞かなくなった。父を恨んだくせに父の言うことも半分信じてしまったの。小さい時ちゃんと教えてくれなかったから自分は普通じゃなく育ったって、母に逆恨みまでしたのね……」

碧に孤独な少年の姿が浮かんできた。「ふつう」と違う自分に戸惑い、誰も信じられなくなった少年が、目の前のゴータと少しずつ重なり始めた。

「そんな自分がだんだん嫌な子になっていくのはわかっていた。でもどうにもならないのよ。中学ではますます無気力でいい加減な生活が始まったわ。そんな私、妙な知識や知恵だけは人一倍ある方だったのね、腕力はからきしだけど持ち前の悪知恵を駆使して、いつの間にか裏で人を操るような問題児になっちゃってさ、あの頃の私、気に入らない人に対して、裏で意地悪をいっぱいするような人間になりました」

「最初は他愛もないことから始まったのね。時間を決めておいて、授業中私のさりげない合図をきっかけに、クラス全員が机から一斉に筆箱落とすとか、そんないたずらの言い出しっぺになったの。みんなの気に入らない教師がターゲットだけど、ヒステリーっぽく怒り出す先生や、泣き出す女の先生までいると面白がってみんな大喜びよ。そんな授業の後、悪ガキたちから喝采受けて見直されたわ。その時生まれて初めて快感を覚えたのね。自分の指示で大人がおたおたするのが痛快でね、子供って味をしめるとだんだんエスカレートするじゃない。他愛もないいたずらに陰険さがだんだん加わり、ターゲットもやがてクラスメートに向かい始めたの」

「目立つ人がまず主なターゲット。次に弱みを持つ人や言い返せない人。周りの人間をじっと観察して、誰かと誰かが互いにいがみ合うよう画策したり、特定の誰かをみんなでいじめるよう仕向けたりした。自分が仕掛け人だと悟られないよう巧妙なやり方でね。そんないじめ集団の中でのし上がってきそうなナンバー2を叩くことも忘れなかったわ。あの頃の私って、そう、やることがまるで独裁者そっくり。周りを攻撃していなきゃ自分のこと守れないって勘違いしていたの。ほんとうはそれが一番怖かったのよ。自分が誰かにいじめられるのがね」

食堂のおばさんがやってきて、持ってきた水差しから二つのコップに注ぎ、「ごゆっくり」とつぶやいて奥へと去った。テーブルにいたあの親子はもう帰ったようで、カウンターの男もビールを終えて、皿うどんをかきこんでいる。

「……これから話すことって、私のしたことで一番最低で、今でも自分を許せないの。聞いたらミドリさん、私のこと嫌いになるかもしれない。でも覚悟を決めて全部話してみようかな。……聞く方がつらくなる迷惑なことかもしれないけど、ミドリさん聞いてくれますか?」

碧は静かにうなずいた。ゴータは手元の水をひと口飲み終え、テーブルに置いたコップを両の手で包んだ。ほっそりした指先が包んだコップの先で結ばれている。それは敬虔な祈りの姿にも見えてくる。

「それは自分がした悪さの中で、……いや、あれは悪さという言葉を超えた最低な犯罪です。学級委員だった一人の女子を不登校に追い込んだのです。……その女の子は正義感のある人でした。私のことを全部見抜いていたと思います。今思うとあの人、点数稼ぎなんかが目的じゃなく本物の学級委員でした。クラスで起きるごたごたに、なんとかしようといつも悪戦苦闘していましたから。一度なんか、火のついたような目で私をにらんでいましたもの、悔しいほどきれいな目で。……その目に惹かれながら激しい嫉妬のような感情を覚えました。そしてターゲットを彼女に向けてしまったのです。

とんでもない悪事を計画しました。実はひょんなことから、その子が隣のクラスのある男子に好意を持っているのを知りました。でもその男子には別の好きな子がいたのです。つまりその女子の片思いだったのですがそれを利用しました。偽のラブレターを書いたのです。その男子の、直筆で書かれた小学校の卒業文集を取り寄せ、筆跡を真似て作りました。そしてそれをターゲット女子の下駄箱に入れたのです。きっとあの子、大喜びしたのでしょうね。次の朝早く、彼女の入れた返事を男子の下駄箱から盗みました。そしてそれを、学年でどうしようもなくおしゃべりな別の男子の下駄箱に放り込んでおいたのです。その男子、狙った通り手紙の内容を馬鹿みたいに言いふらし、彼女は学校中の笑いものになったのです。大恥さらした上、ラブレターを下駄箱に入れ間違えたドジな女だと笑われました……。そして次の日から彼女、学校に来なくなったのです。心が痛まなかったのかと問われれば、いや、罪の意識もどこかで感じていたと一言だけ申し添えさせてください。でも満足感も確かにありました。ひどい人間です、私って……」

碧は不思議な感じがした。ゴータはさっきから、別な誰かと話すようなしゃべり方になっている。目は確かにこちらに向いてはいるけれど、相手は自分じゃない気がした。ほんとうは碧のずっと後ろの、もっと大きな誰かと話しているように思えた。

「……でも悪事って必ず報いるものですね。それが自分に返ってきたもの。中学生ってだんだん成長するのに、相変わらず愚かな子供でいたのは自分だけでした。もうみんなはうすうす気付いていたのです。誰のせいで暮らしにくいクラスかを……。やっとそのことに気付いた時、私はまったく孤立して友達なんか一人もいませんでした。当然です、一度底の割れた腹黒いやつと仲良くしたいなんて人いるわけがないですから。いたとしたらそれこそ、こっちを利用したいもっと腹黒い人間だけでしょうから。

やり直したくて、すがる思いで担任に相談を試みました。そうしたらその教師までにやにやして、『お前、またなんか企んでいない?』って聞く始末です。その時初めて、自分が地上で独りぼっちなのだと知りました。……だから中二の後半から卒業まで、ずっと不登校です。卒業証書は母親が学校に取りに行ってくれました。その後定員割れで補欠募集した高校になんとかすべり込み、形だけの高校生活が始まりました。でも嬉しかったことが一つだけありました。あの学級委員の女子が無事クラスに戻り、志望した高校にも入れたという風の便りを耳にしたのです。ほんとうによかったと救われました。そしてそう感じる自分に、まだ良心みたいなものが残っているのだと確認できたこと、それも嬉しかったことでした。……入った高校では相変わらず勉強はしなかったし、人ともほとんど口をきかず本ばかり読んで過ごしました。だからここ数年の、周りの人間が抱く私へのイメージは、『授業中まで勝手に本を読んでいる暗くて奇妙なやつ』でしょうか。教師たちも注意するのをあきらめ、私を無視して授業進めていましたから……」

「あのう……」

気付くとテーブルの脇に、厨房にいた店主がおずおず立っていた。

「お客さん、申し訳なかですが、うちは八時が店を閉める時間でして……」

慌てて見渡すと、カウンターの男はとうにいなくて、おばさんが一人でテーブルを拭いていた。時計は八時を大きく過ぎようとしていた。

店からホテルに向かう時、ゴータは無言だった。まるで言葉というものの存在を忘れた人の歩き方をしていた。碧もひたすらその横について歩いた。


誰か、誰かこの人を救ってください。お願いです、誰か。


碧の左手が、隣を歩く右手を探し求めた。指先がそこに触れ、そしてその指が力なく握り返してくる。でも昼間の時のそれとは違い、温もりもなく汗ばんだひんやりした感覚だけが碧の左手に伝わった。

「ごめん、少しだけ横になる……」

部屋に戻るとゴータはそう言い、ベッドにもぐり込んだ。

「大丈夫ですか、ゴータさん」

声をかけるとゴータは、憔悴した顔をブランケットから覗かせた。

「うん、大丈夫、こうして横になるだけでずいぶん楽だから」

「私が変なことを言い出したりしたから。……ゴータさんにつらい話をさせちゃってごめんなさい」

「ううん、私、あの話ができてむしろよかったの。あなたの方こそ嫌だったでしょう、あんなひどい話を聞かされて」

「いいえ、ゴータさんつらかったんだなと思いながら聞いていました。そのつらい気持ちと一緒になれましたから、私はむしろ嬉しかったです」

「ああ、そうなの……よかった。ありがとう」

「じゃあ、しばらく休んでください。部屋の明かり、少し落としますね」

「あ、待って。ねえ、もう少し聞いてくれる? 話したいの、さっきの続き」

「はい」

碧はサイドチェアをベッドの脇に寄せた。

「ほんとうはね、さっきの話、旅の最後に生月島にある教会で、そこの神父様に聞いていただくつもりだったの。私の旅ってそういう旅だったの」

「えつ、……ああ、そんな大切なお話だったのですね、私が先に聞いてしまって、なんだか申し訳ないです」

「あ、違う、違うのよ、ミドリさん。あなたに聞いてもらってむしろよかったの。さっき話しながらミドリさんのこと、マリア様じゃないかって思えてきたもの」

「え、ゴータさん、それちょっと言いすぎです」

思わず笑うとゴータは真顔で首を横に振った。

「ううん、ほんとうよ。ほんとうにそう思えたもの。話しているうち、わたしマリア様に許しを請おうとしているんだって、本気でそう思ったんだから」

だからなのかと合点がいった。さっきのゴータは確かにいつもとは違っていた。

でもわたしの方こそ迷える子羊なのに。……こんな自分なのに、聞いてほんとうにお役に立つのだろうか。

「私ね、この旅に出る前、一度死にかけたの。……」

えっ、ちょ、ちょっと待って。そんな話が始まるのですか！

碧は慌てた。いきなり飛び出した言葉に仰天し、その重さを自分なんかが受け止められるのだろうかと狼狽した。でもここはもう覚悟を決めるしかない。目をしっかり見開きお腹に力を入れ、これから始まるゴータの話と向き合う覚悟を決めた。

「正確に言うと今年の七月、死線をさまよったの。人はいろいろ言うけどあれは事故だったのよ。学校に行ったり行かなかったりしながら、それでもなんとかちゃんとやろうってしていたのね。でもほら、疲れ果ててどうしようもない日って誰にもあるでしょ。その日もそんな感じだった。母の使っている睡眠導入剤をこっそり手に入れ、いっぺんに全部飲んでみたの。別に死にたかったとかじゃないの。ほんとうよ、すべてを忘れてぐっすり眠りたかっただけ。ただ分量がちょっと多過ぎて騒ぎが起きたのだわ……」

「病院のベッドで気付くまで私、宙を飛んでいたかもしれない。不思議な夢を見たわ。自分の意識が一つひとつの粒になって分裂し、それが世界中に散らばって高いところからあらゆるものを見下ろすの。そしてすべてを同時に見つめている不思議な体験だった。そう、あれは夢じゃなくって体験ね、あまりにリアル過ぎていたもの。周りの知っている人たちはもちろんのこと、会ったこともない世界中のすべての人の意識を感じるの。人間だけじゃなく、鳥や獣、虫たちや木々の意識さえ同化して感じられたわ。……

目が覚めてもずっとそのことを思い出しながら考えた。ちょっと怖いけどもう一度あの世界に戻ってみたいような……。でもね、ああそうだ、あれが死だったとして、死がそんなに怖くないのなら生きることだって怖くないと思えてきたのね。そして退院した後、どうせなら自分らしく生きていこうってこんな姿を始めたの。それについては母がいろいろ手伝ってくれて助かったわ。もう無理しないで、あなたらしく自然にすればいいのよって背中を押してくれたしね。それで出直すつもりで旅に出たってわけ。そこで五日目にあなたと出会ったってわけ。……」

ゴータはその時のことを思い出したのか、かすかに微笑んだ。

「あの時のあなた、泣いていたでしょう」

碧は静かにうなずいた。

「最初はね、あら大丈夫かしらって心配しただけだったのね。でも窓ガラスに映るあなたを見るうち、なぜかしらあなたがあの人に見えたの……そう、私が不登校に追い込んでしまった学級委員のあの人……。そうしたら急にあなたと一緒にいたいって願い始めたの。この泣いている女の子が笑顔になるのを見たい、どうしても見たい、そしてこの人とお友達になれたら私、ほんとうに救われるかもって……」

ベッドに横たわる人はじっと碧を見つめた。そしてブランケットから両方の手を出し、差し伸ばしてきた。碧はそれを両の掌で包んであげた。

「許してください。……お願いです、許してください」

その人は切なそうに涙を浮かべ許しを請うた。気が付いたら碧のくちびるがその人のくちびるに重なっていた。そして接吻が終わった時声がした。

「……許しています。私はずっと、あなたを許しています。……」

それは確かに碧の口から出ているのに、他の誰かの声に聞こえた。

「ありがとうございます」

ゴータは安堵の表情を浮かべ、それから静かにまぶたを閉じた。碧はブランケットを直してあげ、サイドチェアを離れ部屋を暗くした。ゴータを休ませるためお風呂に行くことにしたのだ。さっきエレベーターで、大浴場は地下だとあった。

一時間以上もお湯から出たり浸かったりを繰り返すと、さすがにのぼせそうになる。

脱衣場を出たところに休憩所があって、浴衣姿のおじさんたちと並んでマッサージ機にもまれたりして時間をつぶした。その中の親切なおじさんが缶ジュースをご馳走してくれ、お話しすると窯業組合の親睦会だと言っていた。有田焼の歴史を熱く語ってくれ、碧も頑張って聞いたけど中身はほとんど覚えていない。そうこうするうち十時を過ぎたので、おじさんたちにお礼を言って部屋に戻った。

ドアを開けると、置いていった携帯がテーブルで盛大に震えていた。ゴータのスマホもどこかで鳴っていたが、ベッドは空でバスルームからシャワーのはねる音がしている。慌てて携帯を見ると、君野さんからのメールが着信していた。

「天野様　外村様　メールを見てびっくりしました。古墳跡で保護されたご老人の話、知人から聞いたばかりでした。詳細を問い合わせ、はっきりしてからお知らせすべきと思い返信が遅れました。連絡はまだ取れていませんが、保護されている場所は隣町の夢窓園という老人ホームで間違いないようです。今からご案内できます。十時半にはホテルロビーに着けると思います。では詳しいことはその時に。　君野」

バスルームのドアがバタンと開き、バスタオルを巻いたすっぴんのゴータが顔を覗かせた。ウイッグを取り化粧を落とすと優しそうな青年の顔だった。

「今、スマホ鳴らなかった?」

「ゴータさん、君野さんからおじいちゃんのいる場所がわかったって! もうすぐ君野さん来てくれるって!」

震える声で報告すると、ゴータはさっきとは別人のような声を弾ませた。

「えっ、やった! やったね、ミドリさん。じゃあ先にロビーで待っていて。私も着替えてすぐ行くから」

Ⅲ　彼の岸にて

大きなカーブが次々現れ、それにあわせて君野が右へ左へとハンドルを切る。そのたび、後部座席に座るゴータと碧は、右の足と左の足を交互に踏んばった。甲高いエンジン音を響かせ、軽四輪は丘陵の上を目指して一気に駆け上がっていった。

「やっぱりかからんですか。……お年寄り相手の施設ですけん、もうみんな寝ておらすかもしれんですね……」

君野がバックミラー越しに、電話をかけ続けるゴータに声をかけた。ゴータは、君野から聞いた夢窓園の電話番号を何度もかけ続けているのだ。

「まあ、行ってみたらわかるでしょう。あ、あれです。あの建物が夢窓園です」

上りつめた暗闇に、三階建ての建物がぼんやり姿を現した。やがて軽四輪は、その鉄柵で閉じられた門の前に停まった。

車を降りた三人はしばらく建物を見上げるしかなかった。二階にある一部屋だけ、明かりがぼんやり灯っているのが見えるのだが、建物全体は暗闇の中で眠りに落ちている。それがまるで、来客を拒絶するかのようにしか見えないのだ。

「あっ！」

思わず君野が指さしたのはわずかに明かりの漏れるその一部屋だった。カーテンの奥に人影がわずかに動いたのだ。しかし変化はその一瞬だけで、後はぼんやりした明かりが窓の奥に固まるばかりだった。三人は黙ってその一点を見上げ続けた。

もう十一時になろうとしている。東京の繁華街ならまだ宵の口かもしれないが、この辺りではもう深い夜である。どっぷり寝静まる町の遠くで、救急車の走るサイレンが風に流れてくる以外、すべてが静寂の底に沈んでいる。

「うーん、困った。でもここまで来たのだから一度チャレンジしましょう」

さっきからどうしたものか思案に暮れていた君野が、思い切って門柱脇の呼び鈴を押してみた。奥の方で鳴るチャイムの音がかすかにするのだが、しばらく待っても建物に何の変化もなかった。

「すんませーん、大町役場のものです、君野と申します。夜分に申し訳なかです、どなたかおいでですかあ……」

今度は思い切って建物に向かって呼びかけてみたが、やはり返事はない。困り果てた君野が、明日にまた出直しましょうと提案しかけた時だった。ずっと無言だった碧がつかつかと門に近寄り、両手で鉄柵を握りしめ建物に向かって呼びかけた。それは、このか細い少女の、どこから放たれたかと思うほどの大音声だった。

「すみませーん、東京から来ました外村の家族のものです。ここで保護していただいたおじいちゃんに会いに来ました。お願いします、私たち怪しいものではありません、どなたか、どなたかお願いです！」

もし神さまがいらっしゃるとしたら、その姿をあわれと思われたのだろうか、玄関の奥で人の気配がかすかに動いた。そして玄関口にぱっと明かりがついたのだ。

「はい、どちら様？ どういったご用で……」

奥の方から恐る恐る近づいてきたのは眼鏡をかけた白髪交じりの、品のよさそうな女性だった。眼鏡の奥に困惑のまなざしもあったが、それでもこの不思議な来客たちに、まずは誠実に対応してみようとする姿勢も見られた。

「おじいちゃん、……おじいちゃんに会いに、会いに来ました……」

出てきてくれた女性を見て感極まったのか、碧は鉄柵を握ったまま崩れるようにしゃくり上げ始めた。

「あ、わたくし町役場、総務課の君野と申します。こんな夜更けに申し訳なかです。こちらは行方不明になった方のお孫さんで外村碧さんです。東京から来んしゃったとです。六月に保護された外村亮太郎さんをお探しで、こちらに伺った次第で」

君野が助け舟を出すうち、女性は口に手を当てて目を丸くし始めた。

「えっ、とんさん……それってとんさんのことかしら……」

「あの、私はこの人の友人で、一緒に探している天野というものです。外村さんのおじいさん、中学校の脇にある古墳に行ったらしいという手掛かりで今日そこに行きました。そこでこちらの君野さんと知り合い、六月に古墳跡で保護された人がこちらにいらっしゃるって聞いて、それで私たち来たんです」

ゴータも必死に補足した。女性はやはり口に手を当てたまま何度も何度もうなずいた。

「まあ、どげんしましょう。あ、お待ちになって、すぐ開けますから」

女性は慌てて南京錠を外しにかかった。

「こげん山奥、昔は鍵なんかいらなかったとですけど、近頃物騒なことがあちらこちらでありますけん……」

そう弁解しながら門扉を開け、三人を招き入れると女性は目を潤ませて碧を見た。

「ああ、こちらがとんさんのお孫さん、東京から！　やっぱりお探しであったとですねえ。

はい、確かにとんさん、あ、いえ、私どもは勝手にそう呼ばせていただいておりましたけど、古墳跡で保護された男性を確かにお預かりしております。でもまあ、なんということでしょう、実は今、そのとんさんが大変で……」

そう言いかけた女性は三人の後ろを見やった。さっき君野たちが駆け上った坂道を、救急車のサイレンが上ってきたのだ。

「あ、やっと来た。ちょっと待ってくださいね」

女性は門扉を大きく開け、警告灯に向かって両手を大きく振り始めたのだ。それを見た君野は慌てて、救急車のスペースを確保するため軽四輪に乗り込んだ。

碧は今この女性が発した「大変」という言葉が、やってくる警告灯と重なりぐるぐると頭の中で回り始めた。

午前零時。……おじいちゃんは町立病院で肺炎と診断を受け、ベッドに寝かされた。夢窓園の女性の話では、夕食後の検温でやや微熱があり、就寝前にみるみる高熱を発したのだという。とりあえず点滴などの処置を受け、落ち着きは見せている。一息ついた各々は、それぞれが自分のいるべき場所に戻ることとなった。

「夜は高齢の施設長が一人だけで、他に心配な入居者さんもおらすけん」

そういう女性を君野は夢窓園まで送ることにした。ゴータはホテルまで送りましょうかという君野の申し出を断り、碧と残ることにした。そのゴータは病院の厚意で貸してくれた毛布にくるまり、待合の椅子で目を閉じている。碧も毛布を膝にかけ、傍らで祖父を静かに見守った。

おじいちゃんの荒かった呼吸は、運ばれた時よりずいぶん収まっていた。しかし身体につながれたいくつもの管を見ていると、どうしてもおばあちゃんの時のことを思い出してしまう。点滴だったり、呼吸を助ける酸素の管だったり、心臓や血流の具合を見るものだったり、あるいは採尿袋とつながる管だったり、あの時意識を失って横たわるおばあちゃんにもいっぱいつながれていた。

「普通の肺炎ですけど、なにぶんご高齢ですから……内臓機能がずいぶん弱っていらっしゃいます。今夜がヤマになりますが、それを乗り切ればなんとか……」

さっきのドクターの言葉が重くのしかかってくる。おばあちゃんの時も、母さんが泣きそうな顔で、お医者様からそう告げられたと言っていた。「今夜がヤマ……」だからその言葉に込められた、不吉な意味が碧を不安にさせた。

おじいちゃん、頑張ろうね。明日は父さんと母さんも来るからね。朝一番の飛行機に乗るってさっき電話で言ってたよ。だからお昼には会えるからね、そしたらまたみんなで暮らそう。昔の話なんかいっぱい聞かせて、おじいちゃん。

午前一時。……碧は椅子に座ったままおじいちゃんの傍らでうつらうつらし始めた。夢と現が行ったり来たりする中で、当直の看護師さんが点検に来たのを覚えている。それを二度までは記憶しているが、その後のことは知らない。

……いつの間にか碧は小径を歩いておりました。そこは不思議な森の中で、周りは霧が立ち込めていてまったく視界が利きません。ですから足元だけをしっかり見て歩こうと、そればかりを考えました。たった一人で心細くもありましたが、その都度、ゴータさんが近くにいてくれるから大丈夫って思い、そうすると不思議に平気だったのです。

しばらく歩くうち、霧が少しずつ晴れてまいりました。それにつれ視界も広がり、今自分は森を出て、小高い丘を歩き始めたのだと知りました。太陽がずいぶん西に傾いておりましたから、たぶん昼下がりを過ぎて夕景がそろそろ始まろうとする時刻かもしれません。ますます霧は晴れ、なだらかな丘の下に大きな川が見えてまいりました。川幅は、もし向こう岸に人がいたとするなら、大声で叫べばなんとか声が届くくらいでしょうか。上流は遠く地平線から始まり、下流もまた片方の大地へと消えていきます。流れはゆったりして、なにやら桶のようなものがぽつんぽつんと無数に流れてくるのです。それが何なのだろうと不思議に思い、碧は丘を下ってみることにしました。

川岸にたどり着くと釣り人でしょうか、腰を下ろしている一人の老人がおりました。でもその人は釣り竿なんか持たず、しゃがんだまま頬杖をついて川面を流れ来るその何かをじっと見つめているだけなのです。碧はその後ろ姿に懐かしさを覚えました。駆け寄って横顔を覗き込むと、まさしくおじいちゃんだったのです。それも元気だった頃のおじいちゃん。碧はドキドキしながらそっと隣に腰を下ろしました。でもおじいちゃんは難しい顔で、流れ来る桶のようなものを見つめるばかりなのです。

「……おじいちゃん。……」

邪魔するのも悪い気がしましたが、思い切ってそう呼びかけてみました。するとおじいちゃんは驚いたそぶりで気付いてくれたのです。

「ああ、来てくれたとね、碧さん……」

その驚く顔が笑顔となり、いつものあの優しいまなざしで見つめてくれるのです。その時碧の胸の奥から懐かしい記憶が突き上げてきました。それは自分がこのまなざしに見守られながら育ったのだという温かい記憶でした。幼い頃、いいえ、もっと生まれたての言葉すら持たない頃、自分に注がれるいくつかのまなざしの中にこのまなざしがあった、確かにあったとはっきり思い出されるのです。碧はいろんな言葉がいっぺんにあふれそうで、思わず泣きそうでした。だから何から話せばいいのか混乱して、慌てた口調で結局普通の質問をしてしまったのです。

「おじいちゃん、ここで、ここで何しているの？」

「……うん、近頃はめっきり少のうなってしもうて……」

おじいちゃんはそれだけつぶやくと、やっぱり流れ来る桶のようなものを一つずつ見つめるのです。それはよく見ると、どこから来るのか小さな灯篭でした。それもぼろぼろになった灯篭なのです。藁や紙でできているらしいのですが、大半が明かりも消えて役目を終えた残骸にしか見えません。中にはかすかに明かりが点いているのもありましたが、それはまるで死にかけた蛍のようでした。

「それにもう、新しかとはいっちょん来んとばい……」

それを聞くと碧はなぜか、もう哀しくってとうとう涙があふれました。

「あれ、碧さん、なんば泣きよると？」

おじいちゃんは心配そうに覗き込んできます。

「ほら、泣かんでよか、泣かんでよか」

そう言いながら背中にそっと掌を当て、指先でリズミカルにとんとんしてくれました。

「泣かんでよかとよ。これは決まりごとたい。特別なことじゃあなか、誰にでも起きる決まりごとたい」

そうでした、まだ泣くことだけが人生の仕事みたいだった頃、おじいちゃんはいつもこうやってとんとんしてくれたものです。背中が遠い記憶を思い出し、碧は少しずつ落ち着きを取り戻しました。でも同時に、おじいちゃんと一緒の時間がもうそんなにない、貴重な時を今過ごしているのだということも知ってしまったのです。

「おじいちゃん、聞いていい?」

「ん、なんね?」

「あのね、えっと、……なんで生まれてくるの?……あの、あの、人って、何のために生まれてくるの?」

こんな時、こんな突拍子もない質問をしてしまう自分に驚くのですが、おじいちゃんはもっとびっくりしたようです。目を丸くし、その丸い目でしばらく碧を見つめ、そして深いため息を一つつくのでした。

「ああ、碧さん、……そりゃあつらかったやろ?……そげんこと考えておったとねえ、そりゃあ、とんでもなくつらかったねえ……」

絞り出すその声は語尾が少し震えておりました。そうして黙り込んだまま、しばらく背中をとんとんしてくれるのでした。

そうやって並んでいると、上流からひときわ輝く灯篭がやってきました。朽ち果てそうな様子は今までのものとあまり変わりませんでしたが、それまでとは違ってまばゆいばかりの光を放つのが目を引くのです。その灯篭を見たおじいちゃんは、背中に当ててくれた手を、今度は自分の膝に回して抱え込みました。あごを膝にのせて灯篭を見つめるおじいちゃんの目は、心なしか涙ぐんでいるように見えました。

「私が尋常小学校の時、大きか戦争のあってね、……そんとき、同じことを考えておった。……人はなんのため生まれるとやろかって……」

おじいちゃんはぽつりぽつり話し始めるのです。碧も膝小僧を抱え、おじいちゃんと並んで灯篭を見ながら話を聞くことになりました。

「……私の父さんは南方で戦死して、遺骨どころか遺品も戻らんかった。たった一枚のはがきが来てね、型通りの文面の最後にご英霊になられたってあったとよ。……ばってん後で知ったのは、父さんのおらした部隊は補給が絶たれ、大半が餓死か病死で見捨てられただけってことだった……」

その灯籠が輝きながら目の前を通り過ぎ、その後にもいくつかの灯籠が続いて流れてきました。さっきのより少し小ぶりですが、それでも精いっぱいに輝いておりました。その一つひとつを見ながらおじいちゃんが説明するのです。

「……いっぱい人の死んでいかしたとよ。従兄の清志さん、飛行機乗りになるとが夢で、その夢は叶ったばってん、二十一の若さで知覧《ちらん》の基地から飛び立ち、そのまんま逝ってしまわした。……近所の知り合いも次々出征していかしたよ。……一軒隣の山本さんちのお兄さん、演歌が上手でね、あの人はいずれ歌手にならすばいって町内のみんなで噂しとった。……向かいの豆腐屋のおじさん、毎朝早ようから働きもんって母さんの感心しとらしたねぇ。……ああ、それから絵描きになりたかった浦田さんちの次男さん、金貯めて東京の美術学校に行くって、懸命に働きながら絵ば描きよらした……」

不思議でした。おじいちゃんの話を聞きながら灯籠の一つひとつを目で追うと、会ったこともないその人たち一人一人の顔が、碧にもぼんやり見えてくるのです。

「……みんなよか人たちたい。……そのよか人たちが、会うたこともなか人ば殺すため鉄砲持たされ、遠くに連れていかれたとよ。そして名前も聞いたことのなか知らん土地で、みんな死んでいかした……」

去っていくいくつかの灯籠を見送りながら、おじいちゃんはそう言いました。

やがて、また新しい灯篭が一つ流れてくるのです。

「……亡くなったのは兵隊に行かした人ばかりじゃなかった。あれは忘れもせん終戦の年、六月の終わりだった。夜遅く母さんにたたき起こされたとよ。梅雨の終わりの大雨で、夕方からひどか雨音の続いた晩だった……」

やってきたその灯篭もひときわ輝いておりました。それを食い入るように見つめるおじいちゃんの話が続くのでした。

「雨音の激しかった深夜、ドーン、ドーンって鈍か音の腹の底に響いとった。母さんは私を抱きしめ、『亮ちゃん、佐世保のやられとる、空襲ばい。爺ちゃんたちのおらす佐世保の空襲ばい……』っておろおろしておらした。私らの住む町の山一つ向こうが佐世保で、そこは母さんの実家だった。祖父母と従妹が暮らすにぎやかな街でね。戦争の激しゅうなる前は従妹のタズちゃんとよう遊んだ。まだ小学校に上がる前の女の子で『亮にいちゃん、亮にいちゃん』って懐いてくれてね、ままごと遊びが大好きで、その相手させられるのだけはちょっと困ったばってんね。……『佐世保は海軍さんのおらす街やけん大丈夫』って言うとった大人たちの言葉が、いつの日か『だけん、狙われて危なかかもしれん』に変わったのをよう覚えておる。山一つ向こうから聞こえる爆音と、とぎれとぎれに鳴るサイレンを母さんと聞きながら、ああ、あの噂がほんとうになってしもうたと震えておった」

その灯篭も通り過ぎ、続いてまた新しいのがやってきました。

「……次の朝、早うから佐世保に向かったとよ。鉄道は動かんかったけん、母さんと手をつないで歩いたと。雨は止んで晴れておったけど、ぬかるんだ道ば何時間も二人で歩いたとよ。……昼近く佐世保の街に入ったら、あたり一面焦げた臭いがしとった。ありゃあ髪の毛の焼けた時と同じ臭いたい。焼夷弾っていう火のついた油の爆弾で街中が焼かれ、何とも言えん臭いでむせ返っておった」

やがてその灯篭も去っていきました。おじいちゃんは目を閉じて、しばらく何かを思い出す様子でしたが、突然、かっと目を見開いて上流を見つめるのです。

怖いくらいの顔でした。

そんなおじいちゃんの視線の先に、灯篭がいくつかやってくるのです。見ると大きな灯篭が二つ並び、その真ん中に小さな灯篭が挟まれておりました。その三つがゆらゆらとやってくるのです。それを見るおじいちゃんの目から、涙がみるみるあふれるのでした。

「……くろこげに、黒焦げになっとらしたと……！」

それは絞り出すような声でした。

「……『見んでよか！　亮ちゃんは見んでよか！』って叫んだ母さんが遮ろうとしたばってん、見てしもうたと、地面に何かわからん黒かもんの二つ並んでおって、よう見たらそれはじいちゃんとばあちゃんで、そして二人に守らるるごと、真ん中にタズちゃんのおらしたと、……黒焦げになった、小さか小さかタズちゃんのおらしたと……」

おじいちゃんは肩を震わせ嗚咽しながら話すのでした。碧はもう夢中になっておじいちゃんの背中をさすってあげました。

やがて三つの灯篭は行ってしまったのですが、おじいちゃんの嗚咽はいつまでも止みません。決して気の強い人ではないと知ってはいましたが、おじいちゃんがこんなふうに声を上げて泣くのなんて初めて知りました。碧も身を寄せ、涙を流しながらおじいちゃんの背中を何度も何度も懸命にさすってあげました。

「……碧さん、ごめんね。気付いてやれんで、ごめんね」

しばらくして、落ち着きを取り戻し始めたおじいちゃんがそういうのです。

「えっ、……」

驚いた碧は背中に手を置いたまま、おじいちゃんを見上げました。

「あの日から人は何のため生まれるとやろって、毎日考えた。考えたばってん、そのたび苦しゅうて、……そげんこと誰にも聞けんし、たとえ聞いても答えは誰にもわからんって理解する歳にもなっておったし……。苦しかった、どこにも持っていけん悩みを抱えてつらかった。……そのつらさを知っておるのに、……碧さんもつらかったやろ、気付いてあげられんで、ほんとうにごめんね……」

碧は首を大きく横に振りました。おじいちゃんの味わった苦しみに比べたら、自分のなんか何でもないことにしか思えません。

「自分が悩んだことと同じ悩みを、可愛か孫に投げかけられておるのに、答えきれん自分が情けなか。……私は学問のなかけんね、上手に言葉で言いきらん。……ばってん生きてね、碧さん。最後までちゃんと生きてね」

「はい」

碧はおじいちゃんの目をまっすぐに見てそう返事しました。おじいちゃんは優しくうなずき、安心した表情で碧の背中を二つ三つほどぽんぽんとしてくれました。

「……みんな、どげん思いで死なしたとやろね、……その人たちのことを考え、人は何のため生まれ、そして死んでいかにゃならんとやろって子供ながら一生懸命考えてみた。……ばってん答えは見つからんし、今でも時おり考えたりはするけど、こげん歳になっても、そりゃあようわからん……」

二人で見つめる川面が、ずいぶんゆっくりした流れに変わったようで、碧はそれが少し気がかりになります。でもおじいちゃんの話は続きますから、一言も聞き漏らすまいとしておりました。

「それでも私が今言えることはね、人が何のために生まれてくるか、それはわからんばってん、死ぬまでちゃんと生きること、……それがひょっとして、人の生きる意味じゃなかろうかって、近頃思い始めたとよ」

「しぬまでちゃんといきること……」

碧はおじいちゃんの言葉を口に出して繰り返しました。

「うん。それにもう一つ付け加えるとすれば、そうなるようみんなでねがうこと、……やろかね」

「そうなるようみんなでねがうこと……」

「そう、それが大事たい。みんなで願わんと一人では生きられんやろ、人間は」

「しぬまでちゃんといきること、そうなるようみんなでねがうこと」

碧はもう一度、言葉の一つひとつを口の中で真似てみました。

「そう、碧さん、慌てんでよかけんね、慌てんでよかけん、目の前の一日いちにちをゆっくり生きてね。まずはそれで花まるたい。そうやって一日ずつ生きておりさえすりゃあ、自分のほんとうにしたかこととか、何が大切かとかが見えてくるよ。……その時、自分が生まれた意味とか自然とわかるけん……」

川の流れがますます止まりそうで、碧は不安が募りました。そうした中で、上流からたった一つだけ灯篭がゆらゆら流れてまいります。それがまるで意思を持つかのように、おじいちゃんの許に近づくではありませんか。おじいちゃんは、はっとしたように立ち上がりました。そして落ちている小枝を拾い、その灯篭をかき寄せました。

持ち上げられた灯篭からは、水がぽたぽた滴り落ちました。藁で編まれた形はほとんど壊れかけていたのです。ぼろぼろになった和紙の貼られた中で、かすかな光が蛍のように点滅しておりました。

「……ああ、やっと会えたんだね……」

おじいちゃんはその明かりを一心に見つめながらそうつぶやくのです。碧も覗き込もうと腰を上げました。明かりの中に誰だか一人の女性が見えました。若い頃の美鶴さんでしょうか、それともおじいちゃんのお母さん？ あるいは碧の知らない誰かでしょうか。でもあからさまに覗いてはいけない気がするのでまた腰を下ろして見守りました。おじいちゃんはしばらく名残惜しそうにしていましたが、その灯篭を静かに水面に戻しました。そして指先でそっと押すと、それはゆらゆらと岸を離れていくのです。

やがて灯篭は行き場を失い、ゆっくり沈んでいきました。

あっ、灯篭が、おじいちゃんの記憶が……沈んでいく……。

そして灯篭は水面から姿を消したのです。沈んだその跡には、流れを止めた水面だけが、よどんだまま残されておりました。

碧ははっと気付きました。

「おじいちゃん！……おじいちゃん！……」

慌てて辺りを見回しましたが、おじいちゃんはもうどこにもいません。すっかり沼のように流れを止めた水面だけが、夕日にてらてらと光っておるだけだったのです。……

午前三時……激しいアラーム音で碧は椅子から飛び起きた。おじいちゃんと管でつながる機械が何かを伝えようとランプを点滅させている。

廊下からどたどた足音が聞こえ、医師と看護師が飛び込んできた。立ちすくむ碧は外で待つよう伝えられたのでよくわからなかったが、懸命に処置する様子が廊下にも伝わってきた。気が付いたらゴータが、震える肩を毛布ごとくるんでくれた。しばらく待つと病室がしんと静まり、何かが終了した気配が伝わった。

「ご臨終です」

出てきた医師がそう言って頭を深々と下げ、碧も同じくらい頭を下げた。

部屋には看護師の人が、一人で片付けの作業をあれこれしていた。身体から管が一つひとつ外されていく。少し離れたところから見ていると、おじいちゃんはただただ眠っているようにしか見えない。涙がちっとも出てこないのが不思議な気がしたが、碧はさっきまでいた彼の岸での出来事をぼんやり思い出した。あの時あの岸辺で、もう涙が尽きるほど泣いた後だったのだ。

第五楽章　パッサカリア＆終曲―在りし日へ、そして明日へ

……なんとか眠らなきゃと頑張ったけど、そう思えば思うほど頭が冴えわたってくる。自分の部屋だったらこんな時、眠るのをあきらめて音楽聴いたりミルクを温めたりするのだけど、ここは二泊目のホテルだし隣のベッドからはゴータの寝息がかすかに聞こえてくる。

碧は目をつむったまま、羊の数を数え始めた。

この二日間、いろんなことがあったな、あり過ぎてずっと夢を見ていたみたい。さっき済ませたお通夜もそう。私たち家族三人とゴータさん、それから夢窓園の人と君野さん、あと君野さんが連れてきた女の人、きっとカノジョさんなのかな、おじいちゃんの情報をくださった人も来てくれ、思ったほど寂しい葬儀じゃなかった。でもお坊さんのお経を聞きながら、やっぱり夢の続きって気がしてならなかった……。でもあの時は違う。あの岸辺で見たこと、そしておじいちゃんと話したこと、あれだけは夢とは思えない。……あれってほんとうにあったこと?……ああ、おじいちゃん、今どこにいるの。明日焼かれて身体は灰になっちゃうの、そして気の遠くなるほど時が経つと原子の粒に戻るの。そうしたらおじいちゃんはまた他の何かになっちゃうの?……ああそうか、それくらい経てば私だって原子の粒になっている頃よね。……そうだ、そうなった時おじいちゃんの原子と出会えて、ずっと傍にいられたらいいな。

あれこれ考えると、ますます眠れなくなりそうだった。だからもう一度、牧場の羊を思い浮かべ、一匹ずつ柵を越えさせてみた。

午前中、霊安室の廊下で待っていたら父さんと母さんが現れて、そうしたら堰を切ったみたいに声を張り上げて泣いちゃった、あんな泣き方、学校に通うようになってからは一度もなかった気がする。父さんと母さん、「大人の社会の決まりごと」をするためびっくりするくらい動いていたっけ。夢窓園や役場への挨拶、それから葬儀の手配。それを見ていたら、やっぱり自分って無力な子供でしかないと思い知った。でも父さんの言葉が嬉しかった。

「最初は家出かとびっくりしたけど、君のおかげで、私の父さんとこんな形でも最後に会えたよ、ありがとう碧、大変だったね」って……。

それ聞いた時あらためて、父さんはおじいちゃんのたった一人の子供だったって気付いたの。それでまた大泣きしちゃった。今夜は父さんと母さん、町営葬儀場の宿泊施設に泊まっている。最後の夜くらい傍にいてやりたいって言っていたけど、考えたら父さん、今年になって立て続けに親を亡くしたのね……。

そうだ、ゴータさんを父さんたちに紹介する時変に緊張したっけ。あれは紹介っていうより、どっちかって言うと説明の口調だったかもね。でも一生懸命に話したの。旅の途中でどんなに助けられたか、そしてゴータさんと会えなかったら絶対おじいちゃんと会えなかったって。そうしたら父さんも母さんも丁寧にお礼言っていた。最後に「今後とも娘をよろしくご指導ください」なんて堅苦しい挨拶までしちゃってさ。きっと私が心から思ったことを話したから、二人にちゃんと伝わったのね。でもあの時、ゴータさんがほんとうは男の子だと知ったら、父さんたちどんな顔するだろうって正直ドキドキした。おまけにゆうべゴータさんとキスしたのまで思い出すし。……でもあれは違うもん、あれはぜったいファーストキスなんかじゃないもん……。

それにしてもゴータさんって大変だな。どっちつかずの生き方をしなきゃならないのかしら。そういえばさっき、ゴータさんを大浴場に誘おうとしてあっと気付いたんだっけ。あのゴータさんが男湯に入ったらきっと騒ぎになるだろうし、でも一緒に女湯でも正直私は困っちゃうって。でもゴータさんは先に言ってくれた。

「わたしね、断然シャワー派なの、ミドリさんいろいろあって大変だったでしょ、お風呂でのんびりしておいでよ」って。

あれっ、ゴータさん起きたの？……ああ、おトイレね。

碧はゴータがトイレを済ませて戻るまで目を閉じて待った。用を済ませたゴータがベッドに戻る気配がして、やがて静かな空間の中で規則正しい寝息が始まり、碧はまた羊を一匹目から数え始めた。

人っていろんなもの抱えているのね。ゴータさんと知り合って、ずいぶんそれを教わったな。何か計り知れない人だという予感はあったけど、想像をずっと超えていたし、いい意味で予想を裏切っていたもの。あんな苦しみを抱えていたなんて……。

ほんとうに私、あの話を聞いて何かが変わった。……そういえばあの話を聞きながら、いろんなことが頭に浮かんだっけ。もちろんゴータさんが子供だった頃を想像しながら聞くのだけれど、なぜかその時オモトさんの顔がひょっこり頭をよぎったの。教室では私の隣の席にいて、いつもうつむいているオモトさん。私が保健室に行く時しか声をかけなかった、あのオモトさん。

あれは中二の夏休み明けだったかしら。放課後、担任の先生から相談室で待つよう言われ、行ってみるとそこにオモトさんがいたんだわ。なんで二人が呼ばれたのだろうって座っていたら、担任の先生が現れて「あなたたち、これから仲良くしなさい」って言うの。なんでそんなことわざわざって不思議に思っていたら、昨日クラスの班長会があって席替えするけど、あなたたち隣同士になるからと付け加えた。はははあん、そうかと気付いたわ。班長六人のうち二人が私を無視する女子で、クラスのリーダー格だった。もやもやをいっぱい抱えて家に帰ったのを覚えている。スクールカーストの一番下と、下から二番目をくっつけて平和なクラスに見せかけたかったのだろうと腹が立った。だから次の朝、オモトさんがこっち向いて「おはよう」って言ってくれたのに、私聞こえなかったふりをしたんだわ。……あの時のオモトさん、哀しい顔だった。ほんとうは気付いていたのに。でも見なかったことにしようってそう決めたんだわ。いくら自分の身に起きていることに精いっぱいだったとしても、私、あの嫌な女子たちと同じことしてしまった……。ああ、どうしよう、あの哀しい目……オモトさんの哀しい目。

そう、あれは哀しい目だった。あれほど哀しい目と出会ったのは、わたしが女学校に通い始めた頃だから、もう七、八年くらい経つのかしら。玄関先にあの恐ろしい人がやってきて、箱三味線を弾きながら何かよくわからない歌を歌うの。ああいやだ、早く帰ればいいのにって願っていたら、お母様がわたしを呼んで「これ渡していらっしゃい」っておっしゃるの。渡されたおむすびの竹包みを震える手で持っていくと、怖くて正面からなんてとても見られなかった。恐ろしいくらい大きな人で、背中と肩に瘤があるのね。夏はとうに過ぎて朝夕は肌寒いくらいなのにふんどし一つの恰好で、傍によると汗なのか吐く息なのか独特の臭いがしていた。

竹包みを差し出す時、できるだけ目を合わせないようにしていたのだけれど、あまりに失礼のような気がして少しだけ見たわ。顔中に髭がぼうぼうで、伸ばし放題のぼさぼさ髪との境目がよくわからないのよ。そして目が、その目がこっちを見たの。でも不思議に怖くはなかった。吸い込まれそうに澄んだ目でね、なんか不自然なくらい。ほら、赤ん坊の目って信じられないくらい澄んでいるでしょ、そんな目だったな。でも竹包みを受け取ると、その目の奥に哀しいほどの光が灯っていたわ。そしてその目のまんまお辞儀してお庭の方に出て行った。それから腰を下ろすとおむすびを取り出し、お庭の土に転がしては食べ始めたの。お庭には鶏がいて虫を突っついたり糞をしたりするから、ああなんてことって思ったけれど、やっぱり怖くてなんにも言えなかった。でもお相撲さんのような身体でぺたんと足を投げ出し、無心におにぎりに食らいつくあの後ろ姿を見ているうち、なんだか胸の辺りがきゅうっと切なくなったのを覚えている。

……そうね、哀しい目と言ったら亮太郎さんも時々そんな目になるの。でもいつもは優しい目なのよ、彼。……亮太郎さんと出会ったのはわたしが二十歳の時。ひょっとしたらわたし、あの目に惹かれたのかな。初めて会ったのは炭鉱の経理課に勤め始めて半年した頃。もといた先輩が退職した後釜にやってきたのが亮太郎さんで、こちらに来る前は長崎の設計事務所の経理を任されていたって挨拶で言っていた。

最初は「ふーん、真面目そうだけど、なんか面白くもなさそうな人」って思っただけ。特別な感情なんてわくこともなかったな。荒くれた男たちを扱うことの多いこの会社で、この人大丈夫かしらって、むしろ心配したくらい。わたしより一つ年下でその時十九歳、まあ二人とも若かったわね……。でもほんとうに最初はあんまり口をきかなかったのよ。あ、もちろん仕事のことで必要なことは普通に話したけど……。

最初に「へーえ」って感心したのはあの人の働きぶりを見た時ね。一言で言うと動じない強さのある人。現場の坑夫さんたちって根は良い人がほとんどだけど、給料の前借りをさせろとか無理難題言う怖い人も中にはいるのね。彼、そんな時相手をじっと見て静かに話を聞くの。そして相手が言いたいだけ言って凄んだりした後、亮太郎さんは静かに話を始めるの。不思議なのはその後ね、しばらくしたら相手は嘘みたいに引き下がるの。前任者の時はいろいろあって大変だったけど、彼が来てからそんなこと一度もなかったな。あ、でもね、冷たい人じゃなく熱いところのある人なのよ。労働争議があって大変だった時、坑夫さんの側に立って奔走したりもするの……。それからよね、亮太郎さんのことを次第に意識するようになったのは。

男と女って不思議ね。その人のことをずっと思い続けると、言葉を越えて通じることってあるみたい。まるで心から伸びた触手が互いに絡み合うみたいにね。もちろん伸ばした触手が相手に届かなくてむなしく空をまさぐるだけで終わることや、思わぬところから触手が伸びてきてびっくりすることとか、申し訳なく思うことなどあるけれど……。きっとその時は亮太郎さんとわたしのそれがうまく結んだのだと思う。一緒にいることがだんだん増え、いつしか二人でいる時間が一番大切なものになっていった。でも一緒って言っても、職場の帰り道のわずかな時間にゆっくり並んで歩くだけ。できるだけそうしていたいから、わざわざ遠回りまでしちゃってね。

でもそれ以上のことは何も起こらなかった。そんな毎日がしばらく続き、もちろんそれだけでも楽しかったけれど、やっぱりじれったい思いもあったかしら……。

そうしたらね、そんなある日、急に亮太郎さんが今度の休みに野球見に行かないかって誘ってくれたのよ。炭鉱の会社が、博多にある西鉄ライオンズってチームを呼んで、町営グラウンドで公式戦をやることになったのね。わたし野球なんてぜんぜん興味なかったけど、もちろん二つ返事で承諾したわよ。

その日は町中が浮かれた空気に包まれていた。自分たちの町が、そしてその町にある産業がプロ野球の球団を呼んで興行を打つという誇らしさからかしら、とにかく町中が高揚していたわ。そしてわたしも違う意味でなら気持ちが高ぶっていたわね。

町営グラウンドにはびっくりするくらいの人が詰めかけていた。近隣ばかりじゃなく、佐賀市や有田辺りからも押し寄せたみたいで、亮太郎さんも「一万や二万じゃとてもきかんばい」って驚いていた。試合開始よりずっと早くに出かけたけど、土手の内野はもう人であふれ、外野の金網にもいっぱい群がっていた。それればかりか、近くの木に登ったり屋根の上にまで見物がいたりして、鈴なりってああいうことを言うのね。だから内野はあきらめ、外野の辺りでやっと二人分の場所を見つけたの。そこは外野の一番遠いところで、金網と少し離れた道路との間にある土手だった。そこにハンケチを敷いて腰を下ろしたの。ちゃんとした席じゃなかったけど、わたしはむしろよかったと安心したわ。だって内野席なんかじゃ、知っている人と会いそうで落ち着かないもの……。

ピッチャーとかバッターとか豆粒くらいにしか見えないけれど、亮太郎さんと並んで座っているだけで嬉しかった。ルールなんてまるで知らなかったけど、彼がいろいろ解説してくれるの。その説明を音楽みたいに聞いているだけで幸せだったわ。

でもプロ野球って初めてだったけど、見ているだけでわくわくするわね。わたしたちが普段見なれている町営のグラウンドで、有名なチームのプロ野球選手たちが躍動する光景を何万もの人たちが見つめている、なんだか特別な雰囲気があったな。そんな中でひときわ目立つ選手がいたの。

「ねえ、あの三つ目のお座布団が置かれたところ、えっ、ああそう、サードベースって言うのね、あの近くを守っている大きなあの選手、なんていう人？」

亮太郎さんに聞くと「ナカニシフトシ」だと教えられた。近頃ラジオでよく耳にする名前で、ああ、あの人が中西太なのかと思った。高校を出て三年目でわたしたちと変わらない年齢らしい。去年ホームラン王を取って今年も取りそうだと教えられ、「へーえ」と感心しながらずっと注目していた。やっぱりすごい選手って遠くからでも目立つものなのね。バッターボックスで素振りする時、大きなお尻をぶりぶりさせるの。亮太郎さんが、「名前の通り尻の太かね」ってつぶやくのを聞いて、その通りっておかしかったわ。

その中西太が打席に立った試合の後半、それが起きたの。それまで二回打順が回ってきて、そのたび息をつめて見守る観客の期待が痛いほど伝わってきた。でも二回とも凡退して、期待がため息に変わったのだけれどその時は違った。あの大きなお尻でぶるんとバットを一閃させると、一瞬遅れて「カキン」という音が届いてはじき出されたボールがぐんぐんこっちに向かってきたわ、地を這うみたいに。それとともにわくような大歓声が球場全体に起こったの。

「あぶない！」

気付いたらわたし、亮太郎さんに抱かれていた。そして守ってくれる亮太郎さんの腕の中からそれを見たの。ボールが、野球のボールが地を這い、少しずつ形を膨らませながらまっすぐ飛んでくるの、まるで意思を持つ生き物みたいに。

「あっ、ぶつかる！」

亮太郎さんの腕が強くわたしを抱きしめた時、「ガシャン！」って音がした。そして突き刺さったボールは金網を揺さぶり、あっけなくポトリと落ちた。

「ああ、金網がなかったら、間違いなく僕たちに当たったとった。……プロの打球って、あげん飛び方するったいね……」

亮太郎さんがそうつぶやくのをわたし、腕に抱かれたまま彼の体臭とともに聞いていたわ。……と、その時だった。観衆の大歓声の中に、バッターをたたえるのとは違う声が混じり始めたの。それはよく、たむろする若い坑夫さんたちの傍を通る時にかかってくる、ちょっと困ってしまう声と似ていた。あっと思って身を固くした。亮太郎さんも急いでわたしを抱いた腕を解いた。口笛や冷やかす笑い声、拍手まで混じる何千もの視線を受け、わたしたち二人は身を固くしてずっとうつむくしかなかった。

それから三日後、お父様が「大切な話があるから今日は仕事を休みなさい」っておっしゃったの。不安な気持ちで書斎に行くと縁談だった。相手は東京の大学を出られた弁護士さんで、先方のご両親や本人に望まれての話だというの。

「わたしは相手のことなんにも知らないのに……」

そう思って黙っていると、「美鶴、相手は東京の学士さまで、弁護士になられた立派な家系のご子息ぞ。これは願ってもなか話ばい」ってご機嫌な様子だった。

「わたし、まだ結婚はしたくありません。今のところで働きたいです。このまましばらくこの家においてください」

思い切ってそう返事した途端、お父様は急に黙っておしまいになり、そればかりかみるみる怖い顔になった。

「お前、外村とかいう男とつきおうとるというのは、やっぱり本当なのか！」

びっくりして息をのんでしまった。いつもは優しい声で「美鶴」って呼んでくださるのに、硬い声で「お前」っておっしゃるの。普段とはまるで違うお父様を見るようで、ただただ身を固くするしかなかった。

「その男と職業野球ば見に行ったのは、やっぱり本当だったのか……。会社の人間と行くとは聞いておったが二人だけとは聞いておらん。おかしな噂まで私の耳に入った、笑いものにまでなったみたいだぞ、恥ずかしかとは思わんのか……。その男のこと調べさせてもろた。仕事はできるそうだが、あいつはアカじゃなかかっていう人もおったぞ。まあ、戦争に負けたけん今は民主主義の世の中たい。だけん、私もそこまでは言わん。言わんばってんその男、小学校しか満足に出ておらんじゃないか。お前はそげんこともちゃんと知った上で、そいつとつき合うとったのか? そんな男に嫁がせるため、わざわざ女学校まで行かせたわけじゃなかぞ」

違う、違う。……わたし、お父様以上に亮太郎さんのすべてを知っている。彼、お父さんが戦死され、お母さんを助けるため学校にも行かず一生懸命働いたの。近所の事務所で小僧さんとして働いたのよ。便所掃除に始まってお茶くみやこまごました使い走り、忙しく働いたの。そしていつかとんでもなく忙しかった日、まだ子供だった亮太郎さんまで事務の仕事を手伝わされたの。そうしたら字はきれいだしそろばんは早くて正確だし、これは使えるって周りが驚いたって。彼、小学校の時そろばんだけは先生にも負けなかったって自慢していたわ。そして所長さんに鍛えられ、人並みの経理マンに育ててくれたって。そんな亮太郎さんのことを尊敬しているし、わたしにとって大切な人なの。……そのことをお父様になんとか伝えたかったのだけれど、咽喉のところがぎゅうっと絞られたみたいになんにも言えなくて、ただ涙がぽろぽろこぼれてくるだけだった……。
「なあ美鶴、若いおなごが自由恋愛に憧れる近頃のご時世は、間違うとると私は思う。結婚ってな、好きおうとるもん同士で一緒になるのが、そりゃまあ一番っていうのもわかる。ようわかるばってん、結婚は双方の家とか格っていうのも大事かとぞ。それは時代が変わってもずっと変わらん、いや変えてはならんところたい。たとえ最初は知らん男と結婚しても、夫となったその人とそれからよう知り合って愛し合えばよか。お母様もそうだったとぞ、遠い町から嫁いできてよか家庭ばつくってくれたのは、家族の一人やけんよう知っとろうが。見習ったらどげんね。女の幸せは、夫に尽くしながら子供を産んで育てて、よか家庭を作ることにあるとばい」
お父様はいつもの口調に戻ってそうおっしゃったけど、そんな言葉はただ空虚に通り過るだけだった。そして涙をこらえてうつむくわたしは、心のどこかでつぶやく声がするのを聞いていた。

わたし、お父様のいうことなんてきかない。

それでもしばらくは体のいい軟禁状態だった。勤め先にも辞めさせるという連絡をされてしまい、いつも誰かに監視されたように過ごす日々が続いた。お母様やお手伝いのばあやばかりでなく、二人の弟や七つ下の妹にまで見張られているような気分だった。お父様は「しばらく頭を冷やすんだな」っておっしゃっていたけど、冷やすどころか、その時間はむしろわたしの心に火を点けてしまった。

あの日、野球の帰り道を二人で黙々と歩いた。別れ際、亮太郎さんは何かを言おうとしたようだったけど、口下手な彼は「じゃあ、また明日」とだけ言ってお辞儀し、そのままで別れている。そして次の日もなんだかぎくしゃくした感じで、お互いに仕事に没頭するふりで机に向かい合っていた。それから亮太郎さんとは会えていない。だからどうしても会いたかった。会ってほんとうの気持ちを伝えたかったし、わたしも彼の気持ちを聞きたかった。でもその機会をお父様に取り上げられてしまった。

わたしはずっと亮太郎さんの優しい目を思い続けたわ。あの目で見つめられたい、もう一度あの声で「美鶴さん」って呼ばれたい、抱かれた時のあの体臭をもう一度嗅ぎたい。いいえ、もうすべてを奪ってほしい、そう思い始めていた。そんなはしたないことまで考えてしまう私を知って、もし彼に嫌われたらどうしよう……。あの二週間、そんな二つの思いが交差して、そのどちらが現れても苦しいの……。

明後日がお見合いという日の夜、そうするって決めた。預金通帳と印鑑、わずかな着替え、そして去年から始めた日記の大学ノート、それだけ風呂敷に包んで枕もとに隠しておいた。隣には新制中学一年生の妹、深雪ちゃんが寝ていたのだけれど、寝静まるのをじっと待った。そして深夜、上体をそっと起こした時だったわ。

「お姉さま、どこへ行くの?」

えっ、起きていたんだと唇をかんだけど、「ええ、はばかりよ」って胡麻化そうとしたら、深雪も身を起こすのよ。そして袖で隠そうとした風呂敷包みの方を見て、可愛いえくぼでにっこりするの。

「うそ、外村さんに会いに行かれるのでしょ? 深雪がお手伝いしますわ」

びっくりしているとあの子、いきなりわたしが寝ていた布団の中に、毛布や枕を埋め込んだの。そうしたら掛布団が、まるで人が寝ているみたいになるじゃない。

「ほら、こうするとお姉さまはここでちゃんと寝ている。朝になったら、お姉さまはまだ寝ているみたいって言ってから学校に行く。そうすれば時間が稼げるし、私は知らなかったということでお父様に叱られずに済む。……どう?」

そう言ってまたにっこりするの。……ほんとうに助かったわ。

互いに家庭を持つ身になったずいぶん後、「あの時はありがとう」って言ったら、「ううん、お姉さまにお礼がしたかったのよ」ってあの子言うのね。「え、何のお礼?」って訊ねると、

「トキツカのこと教えていただいたお礼」って笑うの。

あの子が新制中学に入ってしばらくした時、確かにトキツカのこと教えてあげたことあったわ。あそこで知り合った男女は結ばれるって。そうしたらあの子、真剣な顔で「ふーん、試してみようかな」ってつぶやくの。「何を試すの」って笑いながら聞くと、「うん、ないしょ」ってにっこりしていたっけ……。

そういえば深雪ちゃん、ご主人の溝口さんとは中学の時知り合って、そのお付き合いの果てに結婚したのは知っていたけど、きっかけはトキツカだったのね。溝口さん、その後大きな会社の経営にかかわるほど出世されたから、まあ玉の輿に乗れたってわけよね。でも学年が一つ上の、しかも噂では全校女子の憧れの的だったという溝口さんを、あの子どうやってトキツカに誘ったのかしら……。

何はともあれ、そんな深雪ちゃんの助けもあって、わたしは父の束縛から逃れ亮太郎さんのアパートに向かったの。誰もいない夜道を走るのは恐ろしかったけど、まだ月夜だったから助かったわ。その恐ろしい夜道を彼の優しいまなざしだけを思い浮かべ、走って、走って、また走った。……でもほんとうに恐ろしかったのは夜道じゃなく、こんなに思い詰めている自分のこと。わたしが戻れる場所はもうどこにもなかったのだから。

やっとの思いでアパートにたどり着いたのは、もうずいぶん深い夜の刻だった。でも幸運なことに二階にある彼の部屋だけ明かりが点いていた。小さな玄関から階段を上ると共同のお手洗いや炊事場があって、四つ並んだ六畳の一番奥が亮太郎さんの部屋なの。ドアをノックしたら彼が出てきて、わたしの顔を見てほんとうに目を丸くしたわ。でも部屋に入れてくれた時はあの優しい目になっていた。出してくれた薄い座布団に座ったのだけれど、何から話せばいいのかわからなくなった。夜道を走った緊張も解けて、ただ涙をこぼしながらしゃくり上げ始めると、亮太郎さんは黙って抱きしめてくれた。

肌を合わせた初めての夜が明け、一番早い汽車に二人で飛び乗ったの……。

博多で二人の生活が始まった。最初の半年ほどは食べていくだけで大変だったけど、亮太郎さんが工務店の経理を任される仕事に就くことになり、やっと一息つけるようになった。朝鮮戦争以降の景気で潤ったのか、その工務店も小さな建設会社へと成長し、それとともに暮らしも少しだけ余裕らしいものが生まれてきた。そんな中、順調な結婚生活に見えたけれど一つだけ気になることがあった。それは亮太郎さんが時々哀しい目をすること。それも誰も見ていないような時に……。彼が哀しい目になることがあるのは、最初の頃から気付いていたわ。実は初めてのあの夜の時も一度だけそうなったのを覚えている。あの時、「ああ、やっとこの人と結ばれる」って涙が出そうなくらい嬉しくて、そっと見上げると、動きを止めた亮太郎さんが一瞬だけその目でわたしを見下ろすの。あ、哀しい目って思った時、すぐに優しい目に戻って愛してくれた。

哀しい目の真実を知ったのは、最初の子を亡くした時。女の子を授かり、美咲と名付けたその子は一歳の誕生日を待たず突然に旅立った。腸炎で病院に担ぎ込んだ時はもう手遅れだったの。哀しいほど小さな棺に入れて自宅からお葬式を出したわ。それからしばらくした日、美咲の位牌を前にした亮太郎さんが、あの哀しい目をして座るのよ。そしてぽつりとつぶやくのを聞いてしまった。

「やっぱり僕は……僕は、罰を受けた」

わたしは疲れていたのだと思う。その言葉を聞いて反射的に怒りが込み上げてきた。駆け落ちの後苦労は多かったけれど、亮太郎さんと一緒だから大丈夫だったのに、でもその言葉はそれまでの二人を否定する意味にしか取れない。

「罰って何！ わたしと一緒になったことは罪だったの！ 罰当りなことをわたし、あなたにさせたの？……そうなのね！」

それまで喧嘩らしい喧嘩なんてしたことなかった。それなのに初めて激しい感情を夫にぶっつけた。悔しくて、亮太郎さんの「違う、違う！」という声をそのままに家を飛び出した。もうこの人とはだめかもしれない……。でも飛び出してはみたものの、行く当てなんてあるはずのない街だった。二時間ほど風に吹かれながら中洲の川辺をさまよい、そして戻ったら夫は待っていた。

「さっきの僕の言葉に腹を立てたことはようわかるし、不用意な言葉だった、謝る。ほんとうにごめん。でも言った意味はまるで違うとよ。……僕は……僕は罪を抱えたまま君と出会ってしもうた……」

「罪……って、どんな?」

「……僕は昔、女の人を捨てた。愛し合っておったのに捨てた……そしてその人はもうこの世におらん。自分で命を絶ってしもうた……」

亮太郎さんは苦しそうに話し始めた。その話す罪とは次のようなことだった。

彼が長崎の松浦にある設計事務所で働く時付き合う女性がいた。名前は和子さんといって五つ年上だった。亮太郎さんが十七で和子さんが二十二だったそうな。彼女は行きつけの食堂で働く看板娘で、毎日通う亮太郎さんといつしか惹かれ合い、将来を約束する仲になったという。

その和子さんはもともと長崎市に住む人で、あの八月九日には原子爆弾による被爆で孤児となった。父親は海軍工廠で働く技師で被爆の日に即死、母と弟は自宅で被爆し、弟は三日後に、母は一月後に血を吐きながら亡くなったのだそうだ。彼女だけ女学校にいて運よく助かり、それでも天涯孤独になってしまった。戦争が終わって十五歳、松浦で食堂を営む叔父夫婦に引き取られ、住み込みで働きながら生計を立てたそうだ。

「君と出会う前のことだから、墓の中まで持っていこうと思うとった話だけど、こげんこと聞かされて嫌じゃなか?」

亮太郎さんは話の途中で私を見た。もちろんいい気持ちにはなれない。もう昔のこととわかってはいても、複雑な気持ちがあれこれ交錯する。でも亮太郎さんのすべてを知っておきたい。あの哀しい目の理由を知っておきたい。そうでないと、今度亮太郎さんのあの目を見た時わたしはもう……。

「ええ、たぶん、……だいじょうぶだから全部話して」

そう言うと亮太郎さんはしばらく黙り込んでいたが、やがて重い口を開いた。

「美鶴さん、長崎ではピカを浴びて助かった女の人たちが、縁談を断られて嫁にいけんごとなったという話、知っとる?」

「え、ええ、そんな噂は耳にしたことある」

「和子さんと結婚したいって言ったら、そのことで事務所の所長に猛反対された。放射能ば浴びたおなごは子供が産めん、生まれても長生きできん。だいいち相手はおまえより年上だろうが、そんな結婚、不幸になるだけだってね……」

「でもそれって、でたらめな噂だって新聞で読んだわ」

「ああ、実際には被爆しても子供を授かる女性はたくさんおらすとよ。ばってん、そんなおかしな噂が、多くの女性たちの人生を変えなきゃならんほど追い詰めていったとよ。……そして和子さんもその一人にしてしもうた……。いや、それぱかりじゃなか、もっと酷か目にあわせてしもうた……」

そこまで話すと亮太郎さんはまた口をつぐんだ。

「え、でもそれであなた、所長さんの言うことにハイハイって従ったの?」

いつの間にか批判する口調になっていた。だってもしそうなら、それはわたしの知っている亮太郎さんじゃないもの……。亮太郎さんは固く目を閉じ、激しく左右に首を振った。そして一語一語を絞り出すように話してくれた。

「いや、反対はされたけど、和子さんと一緒になる気持ちは変わらなかった。ただ僕としても所長を説得してからのことだと腹は決めていた。なにぶん恩義のある人だったし、自分にとっては一人前に育ててくれた第二の父親でもあったけんね。……

それからしばらくした時、急に所長から小倉にある親戚の事務所を一週間ほど手伝いに行ってくれと頼まれた。その留守の間に起きたことだった。……出張の間に所長から身を引いてくれと説得されたのか、和子さんはいなくなっておった。住んどったアパートは引き払ってがらーんとしとったよ。僕宛の置手紙が一通だけあって、『今までほんとうにありがとう。

そして、さようなら』ってそれだけ書かれておった。食堂の叔父夫婦に聞いてもどこに行ったかわからんの一点張りだった。……」

「……もちろん探したさ、仕事が終わっての夜中や、毎週の休みのたびにね。そして半年して見つけた和子さんは、佐世保でネイビー相手の店で働いておった。派手か化粧で短いスカート穿いた脚をむき出しにしとった。丸太のごたる太か腕の米兵を相手に、嬌声上げとる和子さんば見つけた……。最初は人違いかと思うた」

「その時、お話しできたの？　和子さんと」

亮太郎さんは苦しそうな表情のままうなずいた。

「迎えに来たけん一緒に帰ろうって言うた。和子さんは一瞬、ぱっと嬉しそうにしたけど、すぐに硬か顔になった。そして『もう帰って』って言わしたとよ。……初めて聞く和子さんの冷たか声だった……」

それでも店が終わるまで外で待ったらしい。そうしたらしばらくして店から和子さんが飛んできて言ったらしい。

「早く帰って、でないとあなた半殺しにされる。わたしにはもうよか人がおるの。米軍の水兵で嫉妬深かけん、このままだとあの人、あなたに何するかわからん。……お願い、帰って。もうここに来ないで、わたしにかかわらないで！」

和子さんと交わした会話は、それが最後だったと亮太郎さんは言った。そしてしばらくすると亮太郎さんの許に一通の手紙が来て、それは和子さんからで楽しかった思い出が感謝の言葉とともにつづられていたらしい。さらに数日後、和子さんが平戸の先にある島の断崖から身を投じたことを新聞で知ったという。思い出と感謝しか書かれてなかった手紙は、遺書だったそうな。

「僕がもっとしっかりしておればよかった。そうしたらたとえ所長に意見されても、和子さんは僕を待っていたはずだ。……いや、もっと言えば、あのときアメリカ兵に殴り倒されても和子さんを連れ帰るべきだった。……僕は、僕は弱い男だ……僕の弱さが和子さんの命を絶たせてしもうた……」

亮太郎さんはそこまで話し、あとは下を向いて肩を震わせた。思い返すと、この人の泣く姿なんて後にも先にもこの一度っきりだ。この人は泣かない人だと思っていた。冷たい人じゃないのはよく知っているけど、泣くことを知らない人だと思っていた。あの目は、あの哀しい目は、泣くことを堪える目だったのね。

「わかりました。……さっきはあんなに怒ってごめんなさい」

わたしはおしぼりを持ってきて、彼にお茶を淹れてあげた。そのおしぼりで顔をぬぐい、一息ついた亮太郎さんの話は続いた。

「あの後和子さんのことを所長に報告したら、『まあ可哀そうな話たいね。ばってん、あのおなご、そげんパンパンのごたる仕事を平気でする女だったとばい。俺が言うたごと別れてよかったやろが、もう忘れろ』って、そげん言わした。その言葉を聞いて僕はすぐ事務所を辞めた。それから所長とは一切会うとらん。十五で天涯孤独にさせられ、親戚の食堂で働いてやっと見つけた暮らしも追いやられ、女一人でこげん世の中、どげんして生きていくね！」

吐き捨てるようにそう言った亮太郎さんは今にも泣きそうで、そして怒りに震えていた。

ひょっとしたらあの日、わたしもこんな顔で泣いていたのかもしれない。お父様に叱られたあの日に……。

「あれから僕は自分を責め始めた。そして自分さえ和子さんと出会わなかったら、あの食堂で今も元気に働いていたはずだとまで思い始めた。いつも笑顔の看板娘としてね。僕と出会ったからこそ和子さんは不幸になった……そう考えてしまい、自分の存在そのものが罪だったと責め始めていた。

佐賀に来てあの会社で働くようになった時、自分はもう誰かを愛したり、好きになったりはしないと心に決めとった。でも美鶴さん、あなたと出会ってそんなことは無理だと知ったよ。毎日あなたと顔を合わせるたび、そしてとりとめのない会話を交わすたび、自分で抱えとった心の傷のようなものが癒やされていく、それが嬉しかった。……でもあれから美鶴さんが会社を辞めさせられ、もう会えんごとなったと知った時、ああ、自分は今和子さんと同じ立場に立たされたと思ったよ。やっぱり自分に幸せを求める資格などなかった、罰を受けて同じ立場に立たされている、そう思い込んだ。そしてもう、天国におる和子さんにお詫びに行くしかなかと思い詰め、さあそれをいつにしようかと毎日考えて過ごしておった」

亮太郎さんはわたしが淹れたお茶をひと口飲んだ。

「……そしていよいよ遺書を書き始めた夜、部屋をノックする音がして、開けたら君がいた。あの時体に電気が走ったよ。和子さんが君を届けてくれたように感じた。いいからあなたは幸せになってという声が、どこかでするのを聞いた気がしてね……」

そこまで話すと亮太郎さんは黙ったままうつむいた。

「ねえ、ひとつだけ間違っているところがあるよ」

「えっ」

しばらくしてそう言うと亮太郎さんは顔を上げた。まだ潤んだ目だったけど、涙の跡は乾き始めていた。

「和子さん、あなたと出会って不幸じゃなかったよ。不幸になんかなってない。だって手紙や遺書に、ありがとうってしか書かれてなかったんでしょ」

亮太郎さんはこっくりうなずいた。

「ほら、幸せだったのよ、あなたと会えて……。わたしだったら文句の一つや二つくらい、きっと書くわよ」

そう言ったら亮太郎さんは顔を上げ、そのほっぺの片側がちょっとだけ緩んでいた。うん、よしよし。

「だから幸せになろうよ、わたしたち。そうでなきゃ和子さんに申し訳ないわ。だって幸せになってという声を聞いたのでしょう。和子さんのその思い大切にしようよ」

「和子さんの、思い……」

「そう、……生きていればいろんなことあるわ、たぶん今度の美咲のことみたいにつらいことも……。でもそのたびに罪人みたいに苦しむの、和子さん絶対望んでいないわ。わたしもそんな亮太郎さんと暮らすのはいや」

亮太郎さんはじっとわたしを見ていた。

「ねえ、東京に行かない？もうわたしたち、この九州を離れてみない？新しい土地で暮らしてみようよ」

「東京で……？」

「ほら、しばらく前、取引先の社長さんに、東京に来ないかって誘われた話あったでしょう？

そこの社長さん、あなたのこと気に入ってくれたって」

「ああ、確かに……。でもあの時君は乗り気じゃないと思っていた」

「ううん、わたし新しいところでやり直したい。ほら、駆け落ちみたいに博多に来て苦労はしたけど、でも楽しかったわ。だからあの時に戻ってみたいな。戻ってもう一度、新しい土地でやり直してみようよ。一からやり直して、幸せになろう」

「……うん、思い切ってそうするのも悪うはなかね。……」

「ねっ、そうしてさ、幸せになって和子さんのお墓に報告とお礼に行きましょうよ。ありがとうございましたって……」

「ああ、報告とお礼の墓参りか、……でも困ったな、和子さんのお墓がどこにあるかわからんとよ。食堂のおじさん夫婦に問い合わせても知らんと言うし、長崎市内のどこかの無縁墓地じゃなかろうかと言う話だった。……長崎は無縁墓地の多かけん」

「そうか、原爆を落とされたあの街って、多くの人が無縁墓地で眠っているのね」

「そう、命ばかりじゃなか。戸籍を含め、その人がその地域で生活していた証までがぜーんぶ消された。存在しとった記録や記憶の消された人がたくさん眠っておる街ばい」

「ああ、そうよね……じゃあ、どうしよう」

その時わたしの脳裏に、あの場所のことが浮かんだ。

「ねえ、トキツカに行きましょう、そこなら会えるわ、和子さんに」

「トキツカ?……何ね、そのトキツカって」

「わたしの生まれた町にある小さな古墳。トキツカって子供の頃呼んでいたの。そこはね、亡くなった人や大切な人と会えるって言い伝えがあるの。そこで知り合う男女は必ず深く結ばれるってご利益もあるみたい」

「へーえ、そげんところのあるとね……あ、ばってん僕は行かれん。あの町で君のお父さんに見つかったら、それこそ殴り殺される」

「だからさ、もっとずうっと先になってからにしましょうよ。わたしたちがお爺ちゃんやお婆ちゃんになってからでもいいじゃない。それまで少しずつでも幸せを大きくしていけばいいんだわ、そして堂々と行きましょう、トキツカに」

「僕たちがお爺ちゃんやお婆ちゃん?……ちょっと想像がつかんばい。ほんとうにそげん日が来るとやろか」

「そう、遠い遠い、未来のお話かな……でもいつかはきっと来るわ。ねえ、わたし、何かあった時のためにトキツカの場所を書いて残しておきますね」

「何かあった時のため?」

「ええ、だってほら、人生ってどっちが先に逝くかわからないじゃない。わたしが後だったらあなたや和子さんに会いに行けるけど、わたしが先の時あなた場所を知らないから困るでしょ、だからどこがいいかな……あ、そうだ、わたし毎日日記をつけているでしょ、その日記の今日のところに、場所を書いた紙を挟んでおきますからね。それだけは忘れないでくださいね」

「君を見送るのだけはぜったい嫌だな、お願いするけん、僕より長生きしてくれよ」

「こればっかりはわからないですよ。あ、もし早い時期にそうなったら、あなた再婚してもいいのよ。でもその場合、わたしと和子さんの許可が必要になりますからね。トキツカにおいでになって、ちゃんとあれこれ説明なさってからにしてくださいね」

「莫迦……」

あ、やった。今度は亮太郎さん、両方のほっぺが笑った。そうだ、笑顔を取り戻さなきゃ。これから亮太郎さんといっぱい笑顔を作って生きていくんだ。

ああ、また羊を数え直さなきゃ。

碧は薄暗い天井を見上げながらぼんやり考えた。しかし、ふと窓辺に目をやった時カーテンの奥がほの明るいのに気付いた。

隣のベッドで眠るゴータを起こさないよう静かにベッドを抜け出し、カーテンの隙間から外を覗くと……。

「あ、夜明け」

それは始まろうとしていた。まだ明けきらぬ空の、底の辺りがぼんやり明るい。タクシーの運転手さんに聞いた御船山の山影が、薄暗い空を背景に象《かたど》られているのがわずかに判別できる。まだ夜を残した外の世界の見える窓ガラスは、街の風景とそれを眺める碧の姿とを重ねて映し出していた。

碧は窓に映り込む自分の姿と向かい合った。そしてその姿に呼びかけた。

「……ねえ、頑張ったね」

すると窓の向こうの少女は、少しはにかんだ笑みを浮かべて、うんとうなずいた。

「思い切って旅に出たけど、よかったよね」

「うん、おじいちゃんは死んじゃったけど、……でも、最後に大切なお話をすることができたし」

窓ガラスの中の少女は、真剣な目でそう返してくれた。

「そうね、あの時いろんなことを教えられたね、それに考えさせられたし」

「うん、……哀しい別れだったけど、大切なものを受け継がせてもらったなって、今はそう思うしかないものね」

「ほんとうにそう。おじいちゃんが話してくれたこと、ずっと忘れない。いつか自分にも子供とかできることがあったら、絶対伝えてあげるんだ」

「自分に子供か……想像つかないな。そんな日、ほんとうに来るのかな」

「遠い遠い未来かな、来るといいね、いつかそんな日が……」

二人はしばらく互いを見つめ合った。

「そうだ、よかったこと、もう一つあるじゃない。ほら、ゴータさんとお友達になれたでしょ」

今度は笑顔になって窓の中で少女がそう呼びかけた。

「そうだね、いろんなこと教わったよね、ゴータさんから。なんだか私、あの人と知り合って少しだけ大人になれた気がする」

「そういえばゴータさん、東京に戻ってちゃんと勉強し直すって言っていたじゃない」

「そう、高校はどうするかわかんないけど、大学受験資格取ってしっかり勉強するんだってね。……やっぱすごいな、ゴータさん」

「ねえ、私たちはどうする？ 東京戻って……」

「うん、……どうしようか……」

窓ガラスで向かい合う少女は、ちょっと不安げに互いを見つめた。窓の外では、夜の底が少しずつ明るくなり始めている。

「学校、行けるかな……」

「どうだろう……行けるかな……ちょっと怖い、よね……」

「そうね、やっぱり無理な気がする。みんなが自分のことをどう見るか考えてしまうと、ちょっとね……」

「でも、今までみたいに部屋にこもるの、それはもう嫌じゃない？」

「うん、ぜったい嫌。あの時に戻るのはもう嫌。……でも……。あ、ゴータさん教えてくれたじゃない、フリースクールとかもあるよって」

「ああそうだ、学校行けなくてもそんな道もあるのよね。帰ったらちゃんと調べてみようか、フリースクールのこと」

「うん、そうしよう。それにおじいちゃん言っていたでしょ、『目の前の一日いちにちをゆっくり生きてね。まずはそれで花まるたい。』って。だからさ、明日どうするかをゆっくり考えながら、まずは今日を生きてみない？」

「そうよね、そうやって一日いちにちを、ゆっくり考えながら過ごすのも『しぬまでちゃんと生きる』ってことに入るよね」

「うん、あとは『そうなるようみんなでねがうこと』だっけ。……このおじいちゃんの言葉だけどさ、どうすればいいんだろ。意外に難しくない？」
「うん、シンプルだけど難しい。みんなで願うったって、そのみんなに該当する友達なんか私、一人もいないし……学校で話せるのってオモトさんくらいだし」
窓の少女と碧の二人は、暗い顔になってしまい互いを見つめ合った。そして外が少しずつ明るくなるにつれ、窓に映る少女の顔がうっすらとなり始めた時だった。

「……そうだ、オモトさんにおはようって言わなきゃ！」

たぶんそれは二人が同時に言った。そして窓辺に立つ少女と窓ガラスに映る少女の二人が、その瞳を同時に輝かせた
天空がますます明るくなり、茜色に染まった空を背景に御船山がはっきり姿を現した。その御船山のてっぺんの、ごつごつした岩肌に朝日が差し始めた時、かすかな、そして小さなモルゲンロートが始まった。……今日という一日が始まる荘厳な儀式に立ち会うため、碧はカーテンを大きく開け放った。

わたし、やってみようかな。まずは学校に行ってオモトさんに「おはよう」って言ってみようか。うん、そこからなら始めてもいいかな。ううん、そこから始めたい。たとえ一日しか学校行けなかったとしても、そのためだったらわたしぜったい行く。もし返事がなくってもちゃんと受け止めればいいし。だってそれ、わたしが先にしてしまったことだから。あの時はごめんなさいってオモトさんにちゃんと謝るし話もするわ。それくらいのことはできるわたしになっている、おばあちゃんの日記を読んで、わたし、なんだかそんな力をもらっているもん。

誰かの掌が背中に当たるのを碧は感じた。それは温かい誰かの掌だった。

おじいちゃん、わたし、あの言葉ずっと忘れないからね。ちゃんと一日ずつ生きるからね。そしておばあちゃんみたいな人になるの。優しくて、強くて、いつも笑顔で生きる人になる。ゆっくりと、一日ずつね。

茜色はみるみる色を変えながら天空に立ち上がり、そして御船山の稜線がくっきり目の前に現れた。明るくなった窓は山と武雄の街の風景を映し出し、ガラスの向こうにもう一人の自分は映っていなかったけれど、碧は一人窓に向かい、今日という日の始まりを飽きることなく見つめた。おじいちゃんとおばあちゃんが一緒にいるような温かみを傍に感じながら眺めた。

おじいちゃんもおばあちゃんも死んでなんかいない。わたしが生きていく限り、おじいちゃんとおばあちゃんは生きている、二人ともわたしの中に生きているんだわ。そしてわたしに話しかけ、ずっと応援してくれる。

茜色だった空はもう深い紺碧へと色を変えた。朝の始まるドラマを十分に堪能した碧はカーテンを閉めた。そしてベッドにもぐり込み、満足そうな笑みを浮かべて目を閉じた。もう羊を数える必要もなく、これから目覚める一日を生きるため、ちゃんと生きるための快い眠りに落ちていくのだった。

あとがき

筆名の「尾舫《おもやい》」の説明を兼ねての自己紹介をさせてください。

「おもやい」とは私の育った長崎県で、「共有する」とか「分かち合う」といった時に使う土地言葉です。私がまだ餓鬼だった時分、三つ上の兄と食べ物で争った時などに「おもやいして食べなさい！」と母に叱られたのをなつかしく思い出します。私はそうやって餓鬼からヒトへと育ててもらったのだと、亡き母に感謝する言葉でもあります。


いやになるほど激しい格差が、地上に存在していると聞きます。ほんの一握りの人間が世界の富の半分を手中に収め、十億の人々が貧困や飢餓に苦しんでいると、モノの本で知りました。そんな本を読んで救いがたい気分でいた時、愛知出身の知人から『もーやっこ』って言葉が地元にあるよ」と教えてもらいました。音感の似ているその言葉は、「おもやい」と意味が重なっていました。

ひょっとしたら日本の全国各地に、そんな土地言葉が存在するのかもしれない。私たちはそんな風土の社会で暮らしているのかもしれない―。そう思わせる嬉しい知らせでした。そして分断の進む世界中にも、似たような言葉が存在していることすら想起させてくれます。

ヒトは、人間は、まだまだ捨てたものじゃない。そう信じて私は、「分かち合う」という意味を持つペンネームでこれからも物語を紡いでいこうと静かに思っています。

あのコロナ禍の時、独り部屋に閉じこもって「ミドリの旅」の少女を描きながら、自分が創り上げた15歳の少女をどうやって救おうか、そればかり考えていました。思い返せばそんな時、救われていたのは自分自身だったような気がしております。

書き上げた物語をどうしようか悩んでいた1年前の同窓会で、長野市の本屋さん書肆朝陽館の店主となった荻原英記さんに会いました。彼に相談し、信濃毎日新聞社出版部の編集者山崎紀子さんを紹介してもらいました。今まで本を作るなんて生徒の卒業文集くらいでしたから、ちゃんと本にするのがいかに大変か、出版社の方々に頂いたご尽力で学びました。また、素敵な装画と扉絵を描いてくださった當野《まさの》マチコさんにも感謝いたします。

思えば私は千人を超える卒業生を送り出しています。荻原さん、當野さんともに、それぞれ大切な卒業生の中の一人です。他にも多くの方々に応援していただきました。どうやら私は周りの人々に恵まれたようです。ありがとうございます。

そして最後にこの物語を読んでくださる皆様、ほんとうに感謝いたします。

2025年2月

尾舫だいすけ

著者略歴
尾舫　だいすけ（おもやい・だいすけ）
1952年長崎県佐世保市生まれ。
法政大学文学部日本文学科卒業。
2015年に東京都中学国語科教諭を退職し現在部活支援員。
本名は山崎大輔。東京都在住。

装画・扉絵　當野マチコ
装幀　石坂淳子
編集　山崎紀子

ミドリの旅

2025年3月30日　初版発行

発　行　尾舫だいすけ
制　作　信濃毎日新聞社
〒380-8546　長野市南県町657
tel.026-236-3377　fax.026-236-3096
印刷所　信毎書籍印刷株式会社

ISBN 978-4-7840-8858-4 C0093
定価はカバーに表示してあります。